看繪本學日語

積木文化＝企劃編輯　張倚禎＝插畫

輔仁大學日本語文學系 中村祥子副教授＝審訂・錄音

看繪本學日語

目錄
Contents

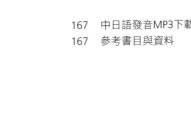

閱讀和使用本書的方法 書中日語單字、音標及中文翻譯標記方式如下：

漢字單字	漢字與假名組合單字
〔漢字假名〕——▶ おおみそか 〔日文單字〕——▶ **大晦日** 〔日文音標〕——▶ [ō-mi-so-ka] 〔中文翻譯〕——▶ 除夕	〔漢字假名〕——▶ まつ 〔日文單字〕——▶ **お祭り** 〔日文音標〕——▶ [o-ma-tsu-ri] 〔中文翻譯〕——▶ 慶典
平假名單字	片假名單字
〔日文單字〕——▶ **おめでとう** 〔日文音標〕——▶ [o-me-de-tō] 〔中文翻譯〕——▶ 恭喜	〔日文單字〕——▶ **クリスマス** 〔日文音標〕——▶ [ku-ri-su-ma-su] 〔中文翻譯〕——▶ 聖誕節

認識50音

◎當日文漢字與中文相通時，不另加中文翻譯。

踏入日語的樂園之前，五十音就如同入場票，得先熟背如流才能暢遊其中。五十音為日語的讀音系統，書寫系統則包含平假名、片假名、漢字。平、片假名相傳從漢字草書演化而來，下表中也附上對應來源字供讀者背誦時聯想。事實上現代用的平、片假名僅各46個字母，基本發音為清音，由5段（母音）10行（子音）構成，另有自清音延伸的濁音、半濁音、拗音、促音、長音，建議先將清音背熟才不易混淆。接下來，就準備入場吧！

母音（段） 子音（行）	あ段 平	あ段 片	い段 平	い段 片	う段 平	う段 片	え段 平	え段 片	お段 平	お段 片
あ行	[a]		[i]		[u]		[e]		[o]	
	あ	ア	い	イ	う	ウ	え	エ	お	オ
來源字	安	阿	以	伊	宇	宇	衣	江	於	於
か行	[ka]		[ki]		[ku]		[ke]		[ko]	
	か	カ	き	キ	く	ク	け	ケ	こ	コ
濁音	[ga]		[gi]		[gu]		[ge]		[go]	
	が	ガ	ぎ	ギ	ぐ	グ	げ	ゲ	ご	ゴ
來源字	加	加	幾	幾	久	久	計	介	己	己
さ行	[sa]		[shi]		[su]		[se]		[so]	
	さ	サ	し	シ	す	ス	せ	セ	そ	ソ
濁音	[za]		[ji]		[zu]		[ze]		[zo]	
	ざ	ザ	じ	ジ	ず	ズ	ぜ	ゼ	ぞ	ゾ
來源字	左	散	之	之	寸	須	世	世	曾	曾

	[ta]		[chi]		[tsu]		[te]		[to]	
た行	た	タ	ち	チ	つ (*促音：っ)	ツ (*促音：ッ)	て	テ	と	ト
濁音	[da] だ	ダ	[ji] ぢ	ヂ	[zu] づ	ヅ	[de] で	デ	[do] ど	ド
來源字	太	多	知	千	川	川	天	天	止	止
な行	[na] な	ナ	[ni] に	二	[nu] ぬ	ヌ	[ne] ね	ネ	[no] の	ノ
來源字	奈	奈	仁	二	奴	奴	祢	祢	乃	乃
は行	[ha] は	ハ	[hi] ひ	ヒ	[fu] ふ	フ	[he] へ	へ	[ho] ほ	ホ
濁音	[ba] ば	バ	[bi] び	ビ	[bu] ぶ	ブ	[be] べ	べ	[bo] ぼ	ボ
半濁音	[pa] ぱ	パ	[pi] ぴ	ピ	[pu] ぷ	プ	[pe] ぺ	ぺ	[po] ぽ	ポ
來源字	波	八	比	比	不	不	部	部	保	保
ま行	[ma] ま	マ	[mi] み	ミ	[mu] む	ム	[me] め	メ	[mo] も	モ
來源字	末	万	美	三	武	牟	女	女	毛	毛
や行	[ya] や (ゃ)	ヤ (ャ)			[yu] ゆ (ゅ)	ユ (ュ)			[yo] よ (ょ)	ヨ (ョ)
來源字	也	也			由	由			与	与
ら行	[ra] ら	ラ	[ri] り	リ	[ru] る	ル	[re] れ	レ	[ro] ろ	ロ
來源字	良	良	利	利	留	流	礼	礼	呂	呂
わ行	[wa] わ	ワ							[wo] を	ヲ
來源字	和	和							遠	乎
鼻音	[n] ん	ン								

拗音

	や・ヤ／ゆ・ユ／よ・ヨ
き・キ	きゃ・キャ　きゅ・キュ　きょ・キョ
ぎ・ギ	ぎゃ・ギャ　ぎゅ・ギュ　ぎょ・ギョ
し・シ	しゃ・シャ　しゅ・シュ　しょ・ショ
じ・ジ	じゃ・ジャ　じゅ・ジュ　じょ・ジョ
ち・チ	ちゃ・チャ　ちゅ・チュ　ちょ・チョ

	や・ヤ／ゆ・ユ／よ・ヨ
ぢ・ヂ	ぢゃ・ヂャ　ぢゅ・ヂュ　ぢょ・ヂョ
に・ニ	にゃ・ニャ　にゅ・ニュ　にょ・ニョ
ひ・ヒ	ひゃ・ヒャ　ひゅ・ヒュ　ひょ・ヒョ
び・ビ	びゃ・ビャ　びゅ・ビュ　びょ・ビョ
ぴ・ピ	ぴゃ・ピャ　ぴゅ・ピュ　ぴょ・ピョ
み・ミ	みゃ・ミャ　みゅ・ミュ　みょ・ミョ
り・リ	りゃ・リャ　りゅ・リュ　りょ・リョ

◎長音：「あ段＋あ／い段＋い／う段＋う／え段＋え／お段＋お」時拉長音，如「おめでとう」發音為[o-me-de-tō]，而非[o-me-de-to-u]。◎片假名長音寫法為「—」。◎日語詞彙由和語、漢語及外來語組成，片假名即外來語的書寫系統，和語及漢語則以平假名、漢字書寫，因此同一漢字多半都有和、漢語兩種讀音，與中文相近的為「音讀」，源自和語的則為「訓讀」。如「建築物」（けんちくぶつ）及「建物」（たてもの）皆為建築物之意，前者為漢語音讀、後者為和語訓讀。

わ
和
[wa]

和

日本人是由大和民族為主體，「大和」（やまと）一詞也用來形容日本特有的精神。因此「和」這個字最能代表日本，所謂「和風」相對於西方傳入的「洋風」，指的是日式風格。日本在西化過程中，吸收了西方的優點，再消化演變成含有日本特色的事物，就會被稱作是「和洋折衷」（わようせっちゅう）。到了全球化的今日，「和」更具有象徵日本美好傳統之意。仔細感受一下，冠上「和」字的東西，是不是都多了一份日本味呢？

わふう
和風
[wa-fū]

形容日式、展現日本特色的事物。

延伸單字

わしき
和式[wa-shi-ki]

在日本公用廁所的門上，會看到「洋式」（ようしき）與「和式」的牌子，分別代表座式與蹲式馬桶。雖然中文經常將富有日本味的東西冠上「日式」兩字，但在日本其實除了廁所以外幾乎不會用到這個詞。

わごころ
和心
[wa-go-ko-ro]

大和民族之心

形容日本的傳統精神。和心的「和」有「以和為貴」之意，體現日本人特有的同理心。

延伸單字

おもてなし[o-mo-te-na-shi]：好客精神

形容日本人特有的好客精神。2013年日本申奧成功時，知名主播瀧川雅美即以「お・も・て・な・し」貫穿演説，讓這個詞彙的熱潮延燒至今。

やまとだましい
大和魂
[ya-ma-to-da-ma-shī]

相對於「和心」柔的一面，大和魂一詞形容出日本人另一面堅毅不屈的武士精神。

延伸單字

ぶしどう
武士道[bu-shi-dō]：武士道精神

さむらい
侍[sa-mu-ra-i]：武士

やまとなでしこ
大和撫子
[ya-ma-to-na-de-shi-ko]

自古用來形容品格高尚、溫柔堅毅的日本女性。

延伸單字

きづか
気遣い[ki-zu-ka-i]：細心、體貼

おく
奥ゆかしい[o-ku-yu-ka-shī]：端莊

じょうひん
上品[jō-hin]：高雅

くうきよ
空気が読める[kū-ki-ga-yo-me-ru]：懂得察言觀色

わがら
和柄
[wa-ga-ra]

日本傳統紋樣

延伸單字

ぼたん
❶ 牡丹[bo-tan]

せんす
❷ 扇子[sen-su]

まつ き
❸ 松の木[ma-tsu-no-ki]：松樹

でんとうしょく
伝統色
[den-tō-sho-ku]

日本傳統色

奠基於日本四季分明的先天環境與獨自的文化、感性發展而成的傳統色彩。

延伸單字

さくらいろ
❶ 桜色[sa-ku-ra-i-ro]

しゅいろ
❷ 朱色[shu-i-ro]

ジャポニズム
[ja-po-ni-zu-mu]

日本主義（Japonisme）

形容19世紀以浮世繪為首的日本美術品開始傳入歐洲，造成廣大的流行與收藏熱潮、甚至影響了許多大師級藝術家的現象。

つばき
ⓓ 椿[tsu-ba-ki]：山茶花

なみ
ⓔ 波[na-mi]：波浪

きく
ⓕ 菊[ki-ku]

さくら
桜[sa-ku-ra]：櫻花

やまぶきいろ
❸ 山吹色[ya-ma-bu-ki-i-ro]

ほんむらさき
❹ 本紫[hon-mu-ra-sa-ki]

うぐいすいろ
❺ 鶯色[u-gu-i-su-i-ro]

るりいろ
❻ 瑠璃色[ru-ri-i-ro]

わかくさいろ
❼ 若草色[wa-ka-ku-sa-i-ro]

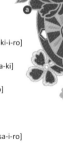

ふじさん
富士山
[fu-ji-san]

富士山不僅作為日本的象徵，也是自古至今許多藝術家創作的泉源，更是日本人信仰的對象。

うきよえ
浮世絵
[u-ki-yo-e]

自江戶時代發展而成，是日本美術中最具代表性的類型之一。「浮世」有「現代」的意思，因此畫中多描寫出當代社會的風俗民情。

延伸單字
かつしかほくさい
葛飾北斎[ka-tsu-shi-ka-ho-ku-sai]

最為人熟知的浮世繪師之一，代表性的作品為北齋漫畫及富嶽三十六景，描繪以富士山為主軸的不同風景與生活樣貌。

ひ　まる
日の丸[hi-no-ma-ru]
日本國旗

わふく
和服
[wa-fu-ku]

日本傳統服飾

泛指所有日本的傳統服裝。至於一般中文裡認知的「和服」，則應該稱作「着物（きもの）」或「呉服（ごふく）」。而較和服簡便、輕鬆，多於非正式場合如遊覽溫泉地、參加煙火大會時穿的則為「浴衣（ゆかた）」。

延伸單字
ながじゅばん
長襦袢[na-ga-ju-ban]：長襦袢

穿在和服裡面的白色襯衣。白色襯衣下還會再穿一件白色的內衣（インナー）。

おび
帯[o-bi]：腰帶

おびしめ
帯締め[o-bi-shi-me]：綁在腰帶上用來固定的繩子。

有人會在正中央配上如別針一樣的飾品，稱作「帯留め（おびどめ）」。

はおり
羽織[ha-o-ri]：和服外套

套在和服外，長度約及膝蓋的開襟式外套。

かんざし
簪[kan-za-shi]：髮簪

穿和服時，紮起頭髮、露出頸項是標準的日式審美觀。

たび
足袋[ta-bi]：穿和服時搭配的夾腳白短襪。

げた
下駄[ge-ta]：木屐

「和」與「邦」？

除了「和」之外，也常見日本人用「邦」形容產自日本。其實「邦」這個字的就是國家的意思，所以對日本人來說「邦」就代表了國產。像是常見有「邦画」（ほうが）。廣義指所有日本電影）、「邦楽」（ほうがく）。廣義指所有日本音樂）、「邦貨」（ほうか。日本貨幣）等用法。不過，「和」與「邦」並不能隨意互換，多半是具有慣用性的，因為「和」的用法在語意上有更傳統的感受。

しゃみせん
三味線
[sha-mi-sen]
代表性日本樂器（和楽器・わがっき）之一。

しぜんすうはい
自然崇拝
[shi-zen-sū-hai]

自然崇拜

日本自古便有崇敬自然的傳統，認為萬物皆有靈，不論是太陽雷電等自然現象、山林草木、動物、甚至是石頭，都可以作為崇拜的對象，萬物與祖先皆是神的化身，處處都有神社，構成了日本傳統宗教——神道的精神。日本人吃飯前總會先說「いただきます」，原意是「我收下了」，即是一種尊敬生命、感謝自然恩賜的體現。然而相信有神存在的同時，當然也有妖怪，鬼神的世界跟人間一樣熱鬧非凡。

せいれいしんこう
精靈信仰・アニミズム
[sei-rei-shin-kō][a-ni-mi-zu-mu]

萬物泛靈論

やおよろず　かみ
八百万の神
[ya-o-yo-ro-zu-no-ka-mi]

八百萬眾神

日本神道信仰中形容棲息在天地間的眾多神明。

あまてらすおおみかみ
天照大御神
[a-ma-te-ra-su-ō-mi-ka-mi]

伊勢神宮的主祭神。在日本神話中，天照大御神是太陽女神，也是天皇的祖先，在八百萬神之中的地位最為崇高。

せいち　しんいき
聖地・神域
[sei-chi][shin-i-ki]

聖地、神之領域

形容神靈棲息的神聖之地。

じんじゃしんとう
神社神道
[jin-ja-shin-tō]

日本的神明大致分為神社神道以及教派神道（きょうはしんとう），一般說的神道多指神社神道。

いせじんぐう
伊勢神宮
[i-sei-jin-gū]

正式名稱為「神宮」，擁有二千年歷史，為日本各地神社的管理單位，並奉為日本神社的本宗。

まつ
祭り
[ma-tsu-ri]

祭典

祭祀神明的儀式慶典。日本的三大祭典：為京都八坂神社的祇園祭（ぎおんまつり）、大阪天滿宮的天神祭（てんじんまつり），以及東京神田明神的神田祭（かんだまつり）。

ほうのう
奉納
[hō-nō]

供奉、祭祀

可以供奉酒食、金錢等實際物質，或是以舞蹈、藝能等表演活動進行祭祀。

かぐら
神楽
[ka-gu-ra]

神樂

祭祀神明的一種方式，又分為幾種不同的系統，例如由在神社擔任巫女的女性神職人員透過舞蹈祭祀的「巫女神樂」，或是以舞獅消災祈福的「獅子神樂」等。

けいだい
境内
[kei-dai]
神社所佔區域

さんどう
参道
[san-dō]
参道
前往正殿參拜的道路。

こまいぬ
狛犬
[ko-ma-i-nu]
石獅子

ちょうずしゃ
手水舎
[chō-zu-sha]
參拜前洗手漱口、淨身淨心的地方。一般的作法是先以右手持常把水勺「柄杓（ひしゃく）」舀水清洗左手，再換左手持水勺清洗右手，接著再換手將水舀至左手掌心，就口輕漱後，再次清洗左手，最後將勺口垂直朝上，以剩餘的水清洗長把。

しゃむしょ
社務所
[sha-mu-sho]
神社的辦公處。

はいでん
拝殿
[hai-den]
拜殿
一般信眾在拜殿前參拜，舉辦祈福等儀式時才會進入拜殿。拜殿後方是唯有神職人員舉行祭祀活動時才能夠進入的幣殿（へいでん），再往後則是供奉神像或牌位的本殿（ほんでん），平時門扉緊閉，所有人都禁止進入。

さいせんばこ
賽銭箱
[sai-sen-ba-ko]
賽錢箱
投香油錢的錢箱。

かぐらでん
神楽殿
[ka-gu-ra-den]
神樂殿
或稱「舞殿」（まいどの），舉行神樂等祭祀儀式的殿堂。

のうさつじょ
納札所
[nō-sa-tsu-jo]
回收過去祈求的護身符或御守之處。

ぐうじ
宮司
[gū-ji]
神社的代表人。

かいだん
怪談
[kai-dan]

ひゃっきやこう
百鬼夜行
[hyak-ki-ya-kō]
相傳自古代日本的繪卷與民間故事，描寫夜晚時成群結隊在街道上遊走的妖怪們。

延伸單字
かっぱ
❶ 河童[kap-pa]
かしゃ
❷ 火車[ka-sha]
び
❸ ぶらり火[bu-ra-ri-bi]
鬼火
しこめ
❹ 醜女[shi-ko-me]
たかおんな
❺ 高女[ta-ka-on-na]
ようかい
妖怪[yō-kai]
おに
鬼[o-ni]
ゆうれい
幽霊[yū-rei]：幽靈
ばけもの
化け物
[ba-ke-mo-no]：怪物

ちみもうりょう
魑魅魍魎
[chi-mi-mō-ryō]
源自中國的上古傳説，描寫棲身於山林及川沼中的妖怪。

としでんせつ
都市伝説
[to-shi-den-se-tsu]
都市傳說
現代社會口耳相傳的民間傳說或怪談。
延伸單字
タブー[ta-bū]：禁忌

ようかいが　ようかい
妖怪画・妖怪マンガ
[yō-kai-ga] [yō-kai-man-ga]
妖怪畫、妖怪漫畫
日本自室町世代就有「百鬼夜行繪卷」這類妖怪繪畫，而到了江戶時代，妖怪更成了浮世繪師們熱愛的題材，同時帶給後代漫畫家深遠的影響，妖怪漫畫大師水木茂就是典型的例子。
延伸單字
みずき
水木しげる[mi-zu-ki-shi-ge-ru]：水木茂
きたろう
ゲゲゲの鬼太郎
[ge-ge-ge-no-ki-ta-rō]：鬼太郎

①
②
③
④
⑤

さくら
桜
[sa-ku-ra]
櫻花

冬去春來，櫻花預告夏季的腳步不遠了，從櫻花抽芽到凋零約兩週的期間內，帶來最絢爛的美麗，在盛開之後隨即消逝，自古以來便在易感的詩人詠頌之下，成為日本人心中生命短暫、無常的具象表現，又因每年三月底四月初的櫻花季與學生的畢業季、入學式以及公司行號招考新人的時節重疊，成為日本人人生中送往迎來的重要背景。

はなみ
お花見
[o-ha-na-mi]
賞花

はな　さ
花が咲く
[ha-na-ga-sa-ku]
花開

延伸單字
はな
花びら[ha-na-bi-ra]：花瓣
は
葉っぱ[hap-pa]：葉子
つぼみ[tsu-bo-mi]：花苞
　さ　　はじ
咲き始め[sa-ki-ha-ji-me]：開花
　ごぶざ
五分咲き[go-bu-za-ki]：半盛開
まんかい
満開[man-kai]：完全盛開

はな　ち
花が散る
[ha-na-ga-chi-ru]
花謝

延伸單字
しんりょく
新緑[shin-ryo-ku]：
形容初夏時枝頭冒出的嫩葉形成的翠綠景色。

そめいよしの
染井吉野
[so-me-i-yo-shi-no]
染井吉野櫻

目前日本最廣為種植的人工培育品種，櫻前線即是以染井吉野櫻的開花時期為基準。

やまざくら
山桜
[ya-ma-za-ku-ra]
山櫻

日本野生品種櫻花的代表。古代日本詩歌中詠頌的即為山櫻。

やえざくら
八重桜
[ya-e-za-ku-ra]
八重櫻

八重櫻並不是品種名稱，而是形容花瓣層層交疊、花團錦簇的盛開模樣，因此不同品種的八重櫻有著不同的顏色與風情。

はざくら
葉桜
[ha-za-ku-ra]
葉櫻

意指當櫻花開始飄落、枝梢冒出新綠時的景象。

よざくら
夜桜
[yo-za-ku-ra]
夜櫻

意指夜晚賞櫻的景象。

延伸單字
ライトアップ[rai-to-ap-pu]：打燈
日本在賞花期間，寺廟與庭園等許多著名賞花景點都會舉辦為期一至兩週的夜間特別參拜、開園活動，讓民眾入內欣賞燈光與春之夜櫻或秋之紅葉的視覺饗宴。

さくらなみき
桜並木
[sa-ku-ra-na-mi-ki]
成排的櫻花樹

はなふぶき
花吹雪
[ha-na-fu-bu-ki]

形容櫻花盛開之際，風一吹，花瓣飛滿天的美景，卻也帶著一種生命無常的寂寥之感。

さくらぜんせん
桜前線
[sa-ku-ra-zen-sen]
櫻前線

地圖上每個預測開花點串起連成的一條線。「前線」原為氣象用語「鋒面」的意思。

かいかよそうび
開花予想日
[kai-ka-yo-sō-bi]
預測開花日

近年來有「氣溫600度法則」，指的是自2月1日起，將每日最高溫累加起來達到600度之後，即是當地櫻花開花期，可作為參考的原則，這也說明了為何暖冬時可以預測開花時間會較往年來得早。

ピクニック
[pi-ku-nik-ku]
野餐

さくらめいしょ
桜名所
[sa-ku-ra-mei-sho]
賞櫻勝地

ばしょと
場所取り
[ba-sho-to-ri]
占地盤

延伸單字
しばふ
芝生[shi-ba-fu]：草坪
レジャーシート[re-jā-shī-to]：野餐墊

はなみべんとう
お花見弁当
[o-ha-na-mi-ben-tō]

賞花便當

賞花便當、郊遊便當、運動會便當……日本人喜歡在不同節日或活動時，透過食材或造型、裝盒方式等製作各種主題的便當，「Bentō」一詞也成了國際通用語。

延伸單字
おにぎり[o-ni-gi-ri]：飯糰
はなみだんご
花見団子[ha-na-mi-dan-go]：賞花丸子
通常三顆丸子一串，分別為粉紅色、白色和綠色。粉紅色表示櫻花，白色象徵殘雪（或有一說是粉紅色為櫻花的花苞、白色為花瓣）。加了艾草的綠色則代表花落以後的夏季新綠。

さくらもち
桜餅[sa-ku-ra-mo-chi]：櫻餅
又分為關東地區常見的長命寺櫻餅與關西風的道明寺櫻餅。長命寺櫻餅是將麵糊煎成薄薄的橢圓形麵皮，裡面包入豆沙或白豆沙餡，外層包上鹽漬櫻花葉；道明寺櫻餅外層使用一種名為「道明寺粉」的乾燥糯米粉製成，裡頭包入紅豆餡，外形像圓圓的小飯糰，最後裝飾上鹽漬櫻花。

きょう　てんき
今日はいい天気でよかったね。
今天天氣好真是太棒了。

ビールも欠かせないぜ！
還有啤酒也不能少啊！

はなみ
お花見はやっぱりカラオケだぜ～
賞花就是要唱卡拉OK啊～

やたい
ほら、いろんな屋台がある！
快看！那邊有好多攤販！

しょくにんかたぎ
職人気質
[sho-ku-nin-ka-ta-gi]
職人氣職

「職人」是指具有手工製造物品的純熟技術，並以此為職業之人。從工藝師傅到木工、園藝師，甚至是壽司師傅都可稱為職人。日本自古就有職人文化，到了江戶時代因為天下承平，社會、經濟與都市發達，職人也隨之發展，並以師徒制將技術傳承下去，一般要熬上三、五年，甚至十年以上才能出師。職人對於自己的技術擁有相當的自信，因此有所堅持、不輕易妥協、不會為了名利而動搖，只做自己真心覺得好的作品。「職人氣質」便是形容這樣的特質。

ものづくり
[mo-no-zu-ku-ri]
製造的工藝

(食)

とうじ　くらびと
杜氏・蔵人
[tō-ji] [ku-ra-bi-to]
杜氏（釀造日本酒的總管）、釀酒師傅

そ　ば　う　　しょくにん
蕎麦打ち職人
[so-ba-u-chi-sho-ku-nin]
手打蕎麥製麵職人

(衣)

せんしょくか
染織家
[sen-sho-ku-ka]

擁有纖維製品染織技術的職人。其中染色與編織技術又細分多種技法，例如「友禪」（ゆうぜん）便是京都自古流傳下來的和服染色技法，雖然說是染色，當中又涵蓋了彩繪、燙金、刺繡等多重工藝，精緻的花樣與高雅的配色令人看得目不暇給。

(住)

さしものし
指物師
[sa-shi-mo-no-shi]
指物師（榫卯木工）

指物是指完全不用一根釘子，以卡榫方式組裝而成的木製品或木家具，需要高超、精準的技術。

にわし
庭師
[ni-wa-shi]
園藝師

たたみしょくにん
畳職人
[ta-ta-mi-sho-ku-nin]
榻榻米職人

(器)

さいくしょくにん
細工職人
[sai-ku-sho-ku-nin]
「細工」為手工製作精細器物的總稱。

えどきりこしょくにん
江戸切子職人
[e-do-ki-ri-ko-sho-ku-nin]

利用切割、打磨的方式在玻璃上作出精細的花樣，透過光線的折射散發出耀眼的光芒。「切子」是指在玻璃器皿上切刻出花紋，源自江戶時代的工藝。

ぬし
塗師
[nu-shi]
專為漆製品塗漆料的職人。
延伸單字
しっき
漆器[shik-ki]

えつけし
絵付師
[e-tsu-ke-shi]
繪付師
專為陶瓷器繪圖的師傅。

きじし
木地師
[ki-ji-shi]

使用轆轤做木製工藝品的職人。

延伸單字
こけし[ko-ke-shi]：小芥子人偶

いものしょくにん
鋳物職人
[i-mo-no-sho-ku-nin]

鑄物職人

使用金屬材料製作工藝品的職人。當中又可細分為
專用錫、鉛或銀創作的「錫師」或「銀師」等。

かじしょくにん
鍛冶職人
[ka-ji-sho-ku-nin]

鐵匠

> ### かみ けいっぽん
> 髪の毛一本ほどの
> ### ごさ ゆる
> 誤差も許さない！
> 不容許一絲一毫的誤差！

でんとうこうげいし
伝統工芸士
[den-tō-kō-gei-shi]

傳統工藝師

日本經濟產業局在1974年設立的認證制度，獲得這
項認證的職人除了具備高度工藝技術與知識之外，
同時也對傳統工藝推廣與傳承有很大的貢獻。

にんげんこくほう
人間国宝
[nin-gen-ko-ku-hō]

人間國寶

日本文部科學省大臣頒布的頭銜，頒給對日本文化
財保護法認定為重要無形文化財產的維護有所貢獻
的個人或團體。

こうぼう
工房
[kō-bō]

工坊

ししょう おやかた
師匠・親方
[shi-shō] [o-ya-ka-ta]

師傅

延伸單字
うで たか
腕が高い[u-de-ga-ta-ka-i]：手藝高超
でしい
弟子入り[de-shi-i-ri]：收學徒
してい
師弟[shi-tei]：師徒

でし
弟子
[de-shi]

學徒

延伸單字
しゅぎょう
修業[shu-gyō]：磨練手藝
ねんきほうこう
年季奉公[nen-ki-hō-kō]
指以無償或低薪工作換取食宿及養成
技術的制度。

わかて
若手
[wa-ka-te]

年輕世代

指業界年輕一代的後進之輩。

こうけいしゃ
後継者
[kō-kei-sha]

接班人

延伸單字
う つ
受け継ぐ [u-ke-tsu-gu]：繼承
だいめ
〜 代目 [dai-me]：第〜代

和菓子

わ が し
[wa-ga-shi]

和菓子

日本傳統點心的統稱，而洋菓子則指蛋糕餅乾等西方傳入的甜點。和菓子歷史悠久，據說最早可追溯到中國唐朝傳入的「唐菓子」，繼而發展出凝聚四季之美並與茶道文化相輔相成的和菓子。和菓子在創作和口味上可說是無邊無際，依製作時的含水量及保存性大致可分為生菓子、半生菓子與干菓子，此外還有一種平價的大眾零食駄菓子，如仙貝、花林糖等。

生菓子
なまがし
[na-ma-ga-shi]

半生菓子
はんなまがし
[han-na-ma-ga-shi]

干菓子
ひ が し
[hi-ga-shi]

駄菓子
だ が し
[da-ga-shi]

練り切り
ね き
[ne-ri-ki-ri]
經典和菓子

以慢火細熬的豆沙餡搭配精雕細琢的餅皮裝飾，依四季變換口味與造型，多當作供應宴席或茶席間最高等級的「上生菓子(じょうなまがし)」。

大福
だいふく
[dai-fu-ku]

薄薄的麻糬皮中包入紅豆餡、草莓、乾豆子等，最為人熟知的「大福」，是生菓子中的麻糬類和菓子（餅菓子〔もちがし〕）。據說從前人吃的大福是鹹味紅豆餡，用以取代午餐果腹。

上用饅頭
じょうよまんじゅう
[jō-yo-man-jū]

加了山藥泥的外皮，包入豆沙內餡，是最上等的日式饅頭，也寫作「薯蕷饅頭」，歸類為蒸製和菓子（蒸菓子〔むしがし〕）。特殊節日時經常做成紅白兩色相間的「紅白饅頭」。

水羊羹
みずようかん
[mi-zu-yō-kan]

水分含量較多的羊羹，適合夏天品嚐，通常會冰過後享用。在歸類中屬於以寒天或葛粉、果膠等凝固成的凍狀和菓子（流〔なが〕し菓子〔がし〕）。

甘納豆
あまなっとう
[a-ma-nat-tō]

以紅豆、花豆、蠶豆等各種豆類糖漬後熬煮而成。可以直接吃也可以拿來運用在其他甜點或料理中。

最中
もなか
[mo-na-ka]

有各式各樣造型的最中，相傳最早是做成圓形象徵月亮的中秋賞月點心。現在則一個個宛如小盒子般，有圓的、方的、菊花等造型。外皮是糯米做的，裡面則包紅豆、栗子、麻糬等餡料。

落雁
らくがん
[ra-ku-gan]

以穀粉、糖粉混拌少量水，再用木製模型壓製後加熱乾燥的精緻點心。

有平糖
あるへいとう
[a-ru-hei-tō]

花林糖
かりんとう
[ka-rin-tō]

金平糖
こんぺいとう
[kon-pei-tō]

おかき・あられ・お煎餅
[o-ka-ki] [a-ra-re] [o-sen-bei]
仙貝

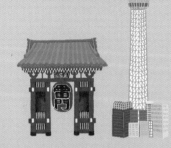

Part 1

周遊日本

にほん たの
日本を楽しむ！

景點／街道／交通

日本總面積約378,000 km²，狹長的國土融合了各地
不盡相同的文化，從1都1道2府43縣開始認識日本，
再實際走訪一趟，一定會有更深刻的感觸！

ほっかいどう　とうほく
北海道・東北
[hok-kai-dō][tō-ho-ku]

北海道、東北

あいづわかまつじょう
❶会津若松城（福島）
[ai-zu-wa-ka-ma-tsu-jō]

會津若松城

當地人多稱之為「鶴之城」。

延伸單字
つるがじょう
鶴ヶ城[tsu-ru-ga-jō]：鶴之城

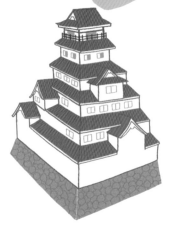

ぎんざんおんせん
❷銀山温泉（山形）
[gin-zan-on-sen]

溫泉街保留了大正～昭和年間重建的低矮木造建築，身在其中彷彿可以感受到當年的「大正浪漫」風情。

ぎんが
❸SL銀河（岩手）
[e-su-e-ru-gin-ga]

銀河號蒸汽火車

SL是和製英語（steam locomotive），也就是蒸汽火車的意思。「SL銀河」是以知名詩人暨童話作家宮澤賢治的《銀河鐵道之夜》為背景，在連結岩手縣花卷與釜石兩個城市的鐵道上運行的蒸汽火車。最早起始於1989年，2001年因故停止運行，直到2014年為了東日本大地震災後重振，重啟了這輛充滿夢想與浪漫的娛樂列車（ジョイフルトレイン）。

延伸單字
みやざわけんじ
宮沢賢治 [mi-ya-za-wa-ken-ji]
ぎんがてつどうよる
銀河鉄道の夜
[gin-ga-te-tsu-dō-no-yo-ru]

おかま
❹御釜（宮城）
[o-ka-ma]

御釜湖

延伸單字
かこうこ
火口湖 [ka-kō-ko]

あおもりけんりつびじゅつかん
❺青森県立美術館（青森）
[a-o-mo-ri-ken-ri-tsu-bi-ju-tsu-kan]

青森縣立美術館

延伸單字
ならよしとも
奈良美智 [na-ra-yo-shi-to-mo]
けん
あおもり犬 [a-o-mo-ri-ken]：青森犬
高達850公分的青森犬與美術館建築融為一體，是藝術家奈良美智的作品。

ねぶた・ねぷた
佞武多
[ne-bu-ta][ne-pu-ta]
睡魔祭

睡魔祭是日本東北各地的夏季盛事，依照地區習慣不同有些地方稱「Nebuta」，有些則稱作「Neputa」。最廣為人知的除了青森「ねぶた」睡魔祭，還有弘前「ねぷた」睡魔祭、五所川原「立佞武多」睡魔祭，但據說日本各地也將進行每50個大大小小以「打倒睡魔、消災解厄」為主題的祭典。高20多公尺的睡魔燈籠遊行是祭典的重頭戲，睡魔燈籠是由「睡魔師」，也就是專門的職人製作，每一位師父做出來的燈籠都有不同的特徵與表情，仔細鑑賞一尊又一尊魄力十足的睡魔，也是祭典的一大樂趣。燈籠遊行時四周會伴隨著身穿傳統衣著，並隨著樂音舞動身體的上百位、甚至上千位「跳人」（はねと）。

はこだてやま
⑥ 函館山
[ha-ko-da-te-ya-ma]

延伸單字
ロープウェイ [rō-pu-wei]：纜車
やけい
夜景[ya-kei]

びえい
⑧ 美瑛
[bi-ei]

位在接近北海道的正中央，風景
遼闊的和緩丘陵地。

ふらの
⑨ 富良野
[fu-ra-no]

延伸單字
ばたけ
ラベンダー畑
[ra-ben-dā-ba-ta-ke]：薰衣草田

え
まるで絵のようですね～

好像一幅畫呀～

とかちだけれんぽう
⑩ 十勝岳連峰
[to-ka-chi-da-ke-ren-pō]

位在大雪山國家公園內的火山群，主峰為
十勝岳活火山，可從美瑛之丘觀望到壯大
延綿連峰景色。

おたるうんが
⑦ 小樽運河
[o-ta-ru-un-ga]

延伸單字
クルーズ、クルージング
[ku-rū-zu][ku-rū-jin-gu]：遊船
おたるゆき みち
小樽雪あかりの路
[o-ta-ru-yu-ki-a-ka-ri-no-mi-chi]：
小樽雪光之路
每年二月以小樽運河為主場舉辦的冬之祭
典，運河上點滿蠟燭燈飾，與河邊小屋上
的白雪相互輝映，景色迷人。

おおどおりこうえん
⑪ 大通公園
[ō-dō-ri-kō-en]

位在北海道最大都市札幌（さっぽろ）中
央位置的長形公園，公園內自然景觀豐
富，同時也是市內舉辦各種活動與祭典的
重要場所。

延伸單字
とう
テレビ塔 [te-re-bi-tō]：電視塔

19

Part 1

周遊日本
かんとう　ちゅうぶ
関東・中部
[kan-tō] [chū-bu]
關東、中部

かなざわえき
❶ 金沢駅 (金沢)
[ka-na-za-wa-e-ki]
金澤車站

けんろくえん
❷ 兼六園 (金沢)
[ken-ro-ku-en]
與岡山的後樂園、茨城的偕樂園並列為日本三名園。

まつもとじょう
❸ 松本城 (長野)
[ma-tsu-mo-to-jō]

せき　はら
❹ 関が原 (岐阜)
[se-ki-ga-ha-ra]
關原地區
日本戰國時代的重要戰役「關原之戰」的戰場。

にほん
❻ 日本アルプス
[ni-hon-a-ru-pu-su]
日本阿爾卑斯山
橫跨日本中部多個城市的延綿山巒、涵蓋飛驒山脈、木曾山脈與赤石山脈。

ふじきゅう
❽ 富士急 ハイランド (静岡)
[fu-ji-kyū-hai-ran-do]
富士急高原樂園 (Fuji-Q)

なごやじょう
❺ 名古屋城 (愛知)
[na-go-ya-jō]
位在中部地區最大城市名古屋中的城堡，自江戶幕府時代築城至今400多年，不過現在的城廓是二戰燒毀後以鋼筋水泥重建的，2017年時名古屋市決定重新復原最早的木造天守閣，預定2022年完工。

ふじさんほんぐうせんげんたいしゃ
❼ 富士山本宮浅間大社 (静岡)
[fu-ji-san-hon-gū-sen-gen-tai-sha]
富士山本宮淺間大社
位於富士宮市的淺間大社，是全日本履行富士山信仰的1300餘間淺間神社的總本宮。

とうきょうえき
❿ 東京駅 (東京)
[tō-kyō-e-ki]
東京車站

❾ 日光東照宮 (栃木)

にっこうとうしょうぐう

[nik-kō-tō-shō-gū]

日光東照宮神廄舍的門樑雕刻中，藏有16隻帶有隱喻的木雕猴子，其中最廣為人知的便是三隻倚在一起，分別遮著眼睛、堵著耳朵、摀著嘴巴的「三猿」了。日本自古即有猴子是馬的守護神之說，神廄舍即是「御神馬」（侍奉神的馬匹）的起居處。除此之外，三猿取其諧音意即象徵著「非禮勿視（見〔み〕ざる）、非禮勿聽（聞〔き〕かざる）、非禮勿言（言〔い〕わざる）」。

延伸單字
さんえん
三猿 [san-en]：三猿
さる
猿 [sa-ru]：猴子

❿ 華厳滝 (栃木)

けごんのたき

[ke-gon-no-ta-ki]

華嚴瀑布

日本三大名瀑之一。

⓫ 成田空港 (千葉)

なりたくうこう

[na-ri-ta-kū-kō]

成田機場

⓬ 東京ディズニーランド (千葉)

とうきょう

[tō-kyō-di-zu-nī-ran-do]

東京迪士尼樂園

⓭ 東京スカイツリー (東京)

とうきょう

[tō-kyō-su-kai-tsu-rī]

東京天空樹

⓮ 皇居 (東京)

こうきょ

[kō-kyo]

延伸單字
にじゅうばし
二重橋 [ni-jū-ba-shi]：二重橋

⓯ 東京タワー (東京)

とうきょう

[tō-kyō-ta-wā]

東京鐵塔

延伸單字
てんぼうだい
展望台 [ten-bō-dai]

⓰ 明治神宮 (東京)

めいじじんぐう

[mei-ji-jin-gū]

宮中祭祀明治天皇與皇后昭憲皇太后。

⓱ 浅草寺 (東京)

せんそうじ

[sen-sō-ji]

淺草寺

東京最古老的寺廟。

延伸單字
かみなりもん
雷門 [ka-mi-na-ri-mon]
なかみせどお
仲見世通り [na-ka-mi-se-dō-ri]：仲見世街

通往神社寺廟的參道多半寧靜莊嚴，淺草寺的參道仲見世街兩側有許多土產店、小吃店，人來人往形成獨特的熱鬧景象。

⓲ 新宿御苑 (東京)

しんじゅくぎょえん

[shin-ju-ku-gyo-en]

隸屬於皇室的庭園，由日本環境省掌管，現開放一般民眾作為公園使用，是賞櫻、賞楓、賞銀杏的好地方。

延伸單字
イチョウ [i-chō]：銀杏樹
銀杏果則唸做「銀杏（ぎんなん）」。

かんさい　し こく、ちゅうごく
関西・四国・中国
[kan-sai][shi-ko-ku]
[chū-go-ku]

關西、四國、中國

くらしきびかんちく
④ 倉敷美観地区（倉敷）
[ku-ra-shi-ki-bi-kan-chi-ku]

倉敷美觀地區

保留了江戶時代的町家（まちや。當時的「町人」階級，即商人與職人的住家）建築，並有倉敷川流過，是知名的觀光景點。

いずもおおやしろ
⑨ 出雲大社（島根）
[i-zu-mo-ō-ya-shi-ro]

祭神為日本神話中的大國主大神，相傳是求好姻緣的聖地。此外，日本人將農曆十月稱作「神無月」，正是因為傳說全日本的神明在這個月會到出雲大社集會，不在崗位上，也因此島根縣反稱此月為「神在月」。

とっとりさきゅう
❶ 鳥取砂丘（鳥取）
[tot-to-ri-sa-kyū]

日本最大的觀光砂丘。

こうらくえん
❷ 後楽園（岡山）
[kō-ra-ku-en]

後樂園

與金澤的兼六園、茨城的偕樂園並列為日本三名園。

せとうち　　せとないかい
❺ 瀬戸内・瀬戸内海
[se-tō-chi] [se-to-nai-kai]

瀬戶內海指的是日本本州、四國和九州包夾的內海海域，而瀬戶內則泛指周邊的地區。自2010年起每三年在瀬戶內海的大小諸島上舉辦的瀬戶內國際藝術祭是現代藝術的一大盛事。

延伸單字
くさまやよい
草間彌生[ku-sa-ma-ya-yo-i]
き
黃かぼちゃ[ki-ka-bo-cha]
現代藝術家草間彌生於1994年製作的裝置藝術，是瀬戶內藝術祭要地直島的代表性地標。

どうごおんせん
❻ 道後温泉（愛媛）
[dō-go-on-sen]

道後溫泉

しまんとがわ
❼ 四万十川（高知）
[shi-man-to-ga-wa]

四萬十川

極為清澈的河水和橫跨四萬十川的沈下橋（ちんかばし）是許多日劇的拍攝場景。

いつくしまじんじゃ
❸ 厳島神社（広島）
[i-tsu-ku-shi-ma-jin-ja]

嚴島神社

全日本500多間嚴島神社的總本宮。祭神為日本神話中的宗像三女神。

あかしかいきょうおおはし
❽ 明石海峡大橋（兵庫）
[a-ka-shi-kai-kyō-ō-ha-shi]

明石海峽大橋

世界上最長的吊橋，連結神戶與淡路島，橫斷了整個明石海峽。

⑩ 姫路城（兵庫）
ひめじじょう
[hi-me-ji-jō]
姫路城

有日本最美的城堡之稱。

⑫ 神戸港（兵庫）
こうべこう
[kō-be-kō]

為日本五大商港、三大客運港之一。

延伸單字
こうべ
神戸ポートタワー
[kō-be-pō-to-ta-wā]：神戸港塔
1963年建造的觀景用鐵塔。

⑭ 琵琶湖（滋賀）
びわこ
[bi-wa-ko]

日本最大的湖泊。

⑮ 伊勢神宮（三重）
いせじんぐう
[i-se-jin-gū]

⑯ 南紀白浜（和歌山）
なんきしらはま
[nan-ki-shi-ra-ha-ma]
南紀白濱

和靜岡的熱海以及九州的別府並列為
日本三大溫泉地。潔白的沙灘和湛藍
的海水也是夏天時眾多日本人的休閒
去處。

⑰ 東大寺（奈良）
とうだいじ
[tō-dai-ji]

延伸單字
しか
鹿[shi-ka]：鹿
えさ
餌やり[e-sa-ya-ri]：餵飼料

⑱ 京都タワー（京都）
きょうと
[kyō-to-ta-wā]
京都塔

京都市內最高的建築物，建造於
1953年，位在京都車站北側的要衝
位置，為一座具有象徵性的地標塔。

⑲ 伏見稲荷大社（京都）
ふしみいなりたいしゃ
[fu-shi-mi-i-na-ri-tai-sha]
伏見稲荷大社

延伸單字
せんぼんとりい
千本鳥居[sen-bon-to-ri-i]

⑬ 万博記念公園（大阪）
ばんぱくきねんこうえん
[ban-pa-ku-ki-nen-kō-en]
萬博紀念公園

1970年日本萬國博覽會的主場，之
後規劃為紀念公園，近年又多了商業
設施進駐。其中最具代表性的象徵便
是博覽會時由藝術家岡本太郎（おか
もとたろう）打造的裝置藝術作品，
至今依然保存完好，塔上三張臉分別
象徵著未來、現在與過去。

延伸單字
たいようのとう
太陽の塔[tai-yō-no-tō]：太陽之塔

⑪ 通天閣（大阪）
つうてんかく
[tsū-ten-ka-ku]

第一代通天閣據說是1912年作為遊樂
園的指標而建立，為當時東方第一高
塔，1943年因火災而燒毀，對大阪人
來說卻已是象徵性的指標，因此1956
年建立了現存第二代通天閣，由建築
家、同時也是東京鐵塔的設計師內藤
多仲先生設計。

周遊日本

きゅうしゅう おきなわ

九州・沖縄

[kyū-shū] [o-ki-na-wa]

九州、沖繩

みやこしょとう

宮古諸島

[mi-ya-ko-sho-tō]

やえやましょとう

八重山諸島

[ya-e-ya-ma-sho-tō]

おきなわほんとう

沖縄本島

[o-ki-na-wa-hon-tō]

みやこじま

宮古島

[mi-ya-ko-ji-ma]

介於沖繩本島與石垣島之間，地形平坦、海水湛藍，和周邊的小島都有橋墩相連，其中與伊良部島相連的伊良部大橋全長約3500公尺，位居日本第五長橋。

いしがきじま

石垣島

[i-shi-ga-ki-ji-ma]

石垣島是沖繩本島以外最多觀光客造訪的地方，從前與台灣之間有一般的客船相通，可惜現已停駛。

こくさいどおり

国際通り

[ko-ku-sai-dō-ri]

國際通

那霸市中心最具代表性的繁華街道。

たけとみじま

竹富島

[ta-ke-to-mi-ji-ma]

竹富島保存了傳統的紅瓦屋房與珊瑚石牆、白砂街道，在這裡能感受到沖繩的過往風情。

しゅりじょう

首里城

[shu-ri-jō]

從前琉球國的王宮城堡。

いりおもてじま

西表島

[i-ri-o-mo-te-ji-ma]

西表島是整個沖繩縣繼本島之後的第二大島，島上擁有原始叢林、紅樹林、瀑布等豐富的大自然景色。

シーサー

[shī-sā]

石獅子

さと

やちむんの里

[ya-chi-mun-no-sa-to]

陶瓷器之鄉

「やちむん」是沖繩方言「陶瓷器」（燒き物（やきもの））的意思，特指沖繩產陶瓷器。陶瓷器之鄉是陶藝家的聚集之地，也開放給一般民眾體驗製作沖繩傳統工藝。

「シーサー」是沖繩方言，意旨獅子。獅子在沖繩不僅是消災除魔的守護神，也是招福的吉祥物，因此人們會在屋頂上或玄關放置獅子的石像。通常兩隻獅子成雙成對，據說嘴巴張著的是雄獅，代表「惡靈退散」；嘴巴閉著的是母獅，代表「守護幸福」。

❶ ハウステンボス（長崎）

[ha-u-su-ten-bo-su]

豪斯登堡

重現荷蘭風景的主題樂園。

❷ 大浦天主堂（長崎）

おおうらてんしゅどう

[ō-u-ra-ten-shu-dō]

正式名稱為「日本二十六聖殉教者聖堂」，是日本現存最古老的基督教建築。

❸ 熊本城（熊本）

くまもとじょう

[ku-ma-mo-to-jō]

安土桃山時代豐臣秀吉的家臣加藤清正建造並作為居城，築城之際種植了許多銀杏，因此別名銀杏城。

❹ 桜島（鹿児島）

さくらじま

[sa-ku-ra-ji-ma]

櫻島

頻繁噴發的活火山，因與市區距離相近，一旦噴發街道就會霧濛濛一遍，所以鹿兒島的氣象預報會多一項針對火山灰的「降灰預報」。

延伸單字

かっかざん
活火山[kak-ka-zan]

ふんか
噴火[fun-ka]

かざんばい
火山灰[ka-zan-bai]

❺ 佐賀県立陶磁文化館

さがけんりつ とうじぶんかかん

[sa-ga-ken-ri-tsu-tō-ji-bun-ka-kan]

佐賀縣立陶瓷文化館

九州是生產陶瓷器的重鎮，著名的唐津燒、伊萬里燒、有田燒等都產自於此。

❻ 太宰府天満宮（福岡）

だざいふてんまんぐう

[da-zai-fu-ten-man-gū]

天滿宮祭祀的是日本的學問之神菅原道真，其中福岡的太宰府天滿宮及京都的北野天滿宮是為日本全國上下約12000所天滿宮的總本宮。

❼ 別府温泉（大分）

べっぷおんせん

[bep-pu-on-sen]

溫泉水量與數量位居日本第一的溫泉鄉。鄰近的湯布院（ゆふいん）也是知名的溫泉與觀光地區。

❽ 阿蘇山（熊本）

あ そさん

[a-so-san]

阿蘇火山

位在九州中央位置的活火山，最近一次大規模的火山爆發發生在距前次時隔36年的2016年，至於是否和同年發生的熊本大地震有關則未有定論。

周遊日本

まち　ふうけい
町の風景①
[ma-chi-no-fū-kei]

街景①

レンタサイクル
[ren-ta-sai-ku-ru]
脚踏車出租店

延伸單字
じてんしゃ
自転車[ji-ten-sha]：脚踏車
ちゅうりんじょう
駐輪場[chū-rin-jō]：脚踏車停車場

しゅうりや
修理屋
[shū-ri-ya]
修車行

クリーニング
[ku-rī-nin-gu]
洗衣店

コンビニ
[kon-bi-ni]
便利商店

延伸單字
ローソン[rō-son]：
Lawson 便利商店
ファミリーマート・ファミマ[fa-mi-rī-mā-to]
[fa-mi-ma]：全家便利商店
セブン-イレブン[se-bun-i-re-bun]：7-11便利商店

ばいてん
売店
[bai-ten]
報攤、雜貨店

延伸單字
たから　う　ば
宝くじ売り場
[ta-ka-ra-ku-ji-u-ri-ba]：彩票行

ぎんこう
銀行
[gin-kō]
銀行

延伸單字
エーティーエム（ATM）
[ē-tī-e-mu]：自動提款機

ゆうびんきょく
郵便局
[yū-bin-kyo-ku]
郵局

延伸單字
ゆうびん
郵便ポスト[yū-bin-
po-su-to]：郵筒

しやくしょ
市役所
[shi-ya-ku-sho]
市公所

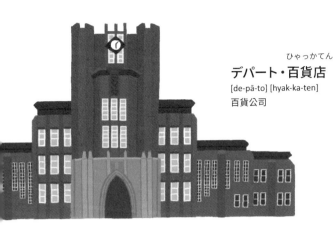

<ruby>百貨店<rt>ひゃっかてん</rt></ruby>
デパート・百貨店
[de-pā-to] [hyak-ka-ten]
百貨公司

スーパーマーケット
[sū-pā-mā-ket-to]
超市

<ruby>学校<rt>がっこう</rt></ruby>
学校
[gak-kō]
學校

<ruby>図書館<rt>としょかん</rt></ruby>
図書館
[to-sho-kan]
圖書館

<ruby>幼稚園<rt>ようちえん</rt></ruby>
幼稚園
[yō-chi-en]

<ruby>保育所<rt>ほいくじょ</rt></ruby>
保育所
[ho-i-ku-jo]
托兒所

<ruby>交番<rt>こうばん</rt></ruby>
交番
[kō-ban]
派出所

<ruby>警察署<rt>けいさつしょ</rt></ruby>
警察署
[kei-sa-tsu-sho]
警察局

> <ruby>待<rt>ま</rt></ruby>ち<ruby>合<rt>あ</rt></ruby>わせ
> どこで待ち合わせする？
> 我們在哪裡碰面呢？

<ruby>体育館<rt>たいいくかん</rt></ruby>
体育館
[tai-i-ku-kan]
體育館

延伸單字
グラウンド[gu-ra-un-do]：操場
<ruby>野球場<rt>やきゅうじょう</rt></ruby>[ya-kyū-jō]：棒球場
テニスコート[te-ni-su-kō-to]：網球場
バスケットコート[ba-su-ket-to-kō-to]：籃球場
バレーボール<ruby>場<rt>じょう</rt></ruby>[ba-rē-bō-ru-jō]：排球場
プール[pū-ru]：游泳池

27

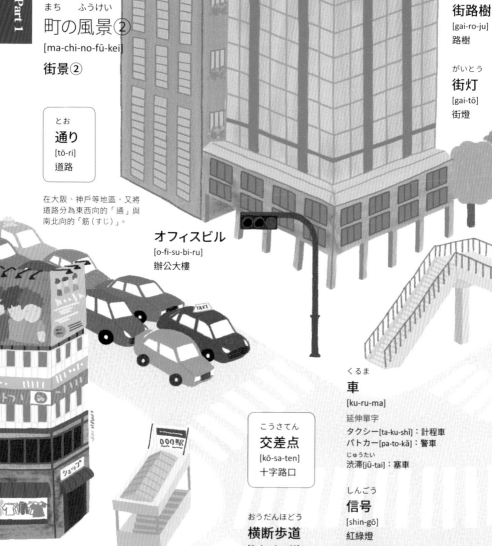

まち　ふうけい
町の風景②
[ma-chi-no-fū-kei]
街景②

とお
通り
[tō-ri]
道路

在大阪、神戶等地區，又將
道路分為東西向的「通」與
南北向的「筋（すじ）」。

オフィスビル
[o-fi-su-bi-ru]
辦公大樓

がいろじゅ
街路樹
[gai-ro-ju]
路樹

がいとう
街灯
[gai-tō]
街燈

くるま
車
[ku-ru-ma]
延伸單字
タクシー[ta-ku-shī]：計程車
パトカー[pa-to-kā]：警車
じゅうたい
渋滞[jū-tai]：塞車

しんごう
信号
[shin-gō]
紅綠燈
延伸單字
あかしんごう
赤信号[a-ka-shin-gō]：紅燈
きしんごう
黄信号[ki-shin-gō]：黄燈
あおしんごう
青信号[a-o-shin-gō]：綠燈
てんめつ
点滅[ten-me-tsu]：閃爍燈

こうさてん
交差点
[kō-sa-ten]
十字路口

おうだんほどう
横断歩道
[ō-dan-ho-dō]
斑馬線

ちかてつでいりぐち
地下鉄出入口
[chi-ka-te-tsu-de-i-ri-gu-chi]
地下鐵出入口

ほどうきょう
歩道橋
[ho-dō-kyō]
天橋

路地
ろ じ
[ro-ji]
巷弄

夾雜在房子之間
的狹窄巷弄。

路地裏
ろ じ うら
[ro-ji-u-ra]
巷弄之間

指遠離主要道路的狹窄巷弄。

延伸單字
いっぽうつうこう
一方通行 [ip-pō-tsū-kō]：單行道

横丁
よこちょう
[yo-ko-chō]
小巷

指面向主要道路且多為保留復古
風情商店街橫向街道。

自動販売機
じどうはんばいき
[ji-dō-han-bai-ki]
自動販賣機

ゴミ箱・回収箱
ばこ かいしゅうばこ
[go-mi-ba-ko][kai-shū-ba-ko]
垃圾桶、回收桶

延伸單字
も
燃えるゴミ [mo-e-ru-go-mi]：可燃垃圾
も
燃えないゴミ [mo-e-nai-go-mi]：不可燃垃圾

商店街
しょうてんがい
[shō-ten-gai]
商店街

延伸單字
かんばん
看板 [kan-ban]：招牌

電柱・電信柱
でんちゅう でんしんばしら
[den-chū] [den-shin-ba-shi-ra]
電線桿

「電柱」是電力公司設置的供電用電線桿、
「電信柱」則是電信公司設置用來拉電話線
的電線桿。

公衆電話
こうしゅうでんわ
[kō-shū-den-wa]
公共電話

喫煙所
きつえんじょ
[ki-tsu-en-jo]
吸菸區

基本上公共場所都是禁煙，只有
在特定場所、特別規劃的吸菸區或吸
菸室才可以抽煙。

ペットボトル [pet-to-bo-to-ru]：寶特瓶
カン [kan]：罐
ビン [bin]：瓶

周遊日本

まち　ひとびと
町の人々
[ma-chi-no-hi-to-bi-to]

街上的人們

おとな
大人
[o-to-na]
成人

こども
子供
[ko-do-mo]
小孩

にほんじん
日本人
[ni-hon-jin]
日本人

としよ
お年寄り
[o-to-shi-yo-ri]
老人家

ぼう
お坊さん
[o-bō-san]
和尚

へんしゅうしゃ
編集者
[hen-shū-sha]
編輯

まんがか
漫画家
[man-ga-ka]
漫畫家

しゅふ
主婦
[shu-fu]
主婦

かせいふ
家政婦
[ka-sei-fu]
管家

あか
赤ちゃん
[a-ka-chan]
嬰兒

うんてんしゅ
運転手
[un-ten-shu]
司機

フリーランス
[fu-rī-ran-su]
自由工作者

かいしゃいん
会社員・サラリーマン
[kai-sha-in][sa-ra-rī-man]
上班族

せいじか
政治家
[sei-ji-ka]
政治人物

がか
画家
[ga-ka]
畫家

せいそういん
清掃員
[sei-sō-in]
清潔人員

しょうぼうし
消防士
[shō-bō-shi]
消防員

ホームレス
[hō-mu-re-su]
街友

じえいたいいん
自衛隊員
[ji-ei-tai-in]
自衛隊員

きょうし
教師
[kyō-shi]
老師

デザイナー
[de-zai-nā]
設計師

てんいん
店員
[ten-in]

べんごし
弁護士
[ben-go-shi]
律師

がくせい
学生
[ga-ku-sei]
學生

延伸單字
しょうがくせい
小学生[shō-ga-ku-sei]：小學生
ちゅうがくせい
中学生[chū-ga-ku-sei]：國中生
こうこうせい
高校生[kō-kō-sei]：高中生
だいがくせい
大学生[dai-ga-ku-sei]：大學生

ろじょう
路上パフォーマー
[ro-jō-pa-fō-mā]
街頭表演者

がいこくじん かんこうきゃく
外国人観光客
[gai-ko-ku-jin-kan-kō-kya-ku]
外國觀光客

きしゃ
記者
[ki-sha]

アナウンサー
[a-na-un-sā]
主播

けいさつ
警察
[kei-sa-tsu]

チンピラ
[chin-pi-ra]
小混混

カメラマン
[ka-me-ra-man]
攝影師

周遊日本

でんしゃ　の
電車に乗る
[den-sha-ni-no-ru]

搭電車

ちかてつ
地下鉄
[chi-ka-te-tsu]

地下鐵

延伸單字

しえい
市営[shi-ei]：市政府營運

とえい
都営[to-ei]：東京都營運

してつ
私鉄[shi-te-tsu]：民營鐵路

しんかんせん
新幹線
[shin-kan-sen]

新幹線

由JR公司營運的高速鐵路系統。目前由北而南包含北海道、東北、上越、北陸、中央、東海道、山陽、九州等9條路線。

延伸單字

ジェイアール
JR[jei-ā-ru]：日本旅客鐵路公司

ざいらいせん
在来線[zai-rai-sen]

在來線，泛指由JR公司營運之新幹線以外的鐵道。

かいさつぐち
改札口
[kai-sa-tsu-gu-chi]

閘口、剪票口

えきいん
駅員
[e-ki-in]

站務人員

モノレール
[mo-no-rē-ru]

單軌鐵道

えき
駅
[e-ki]

車站

こうないず
構内図
[kō-nai-zu]

車站內部平面圖

きっぷう　　ば
切符売り場
[kip-pu-u-ri-ba]

售票處

延伸單字

りょうしゅうしょ
領収書[ryō-shū-sho]：收據

はらもど
払い戻し[ha-ra-i-mo-do-shi]：退票

キャンセル[kyan-se-ru]：取消

きっぷ
切符
[kip-pu]

單程票

ていきけん
定期券
[tei-ki-ken]

月票／季票

ICカード
[ai-shī-kā-do]

儲值票卡

延伸單字

ざんがく
残額[zan-ga-ku]：餘額

チャージ[chā-ji]：儲值

いちにちじょうしゃけん
一日乗車券
[i-chi-ni-chi-jō-sha-ken]

一日票

延伸單字

フリーパス[fu-rī-pa-su]：
自由通行票

れっしゃ
列車
[res-sha]

ゆうせんせき
優先席
[yū-sen-se-ki]
博愛座

の　ば
乗り場
[no-ri-ba]
乘車處、月台

いちじていし
一時停止
[i-chi-ji-tei-shi]
暫時停車

の　か
乗り換え
[no-ri-ka-e]
轉車

しゅうてん
終点
[shū-ten]
終點站

せいさん
精算
[sei-san]
補票

ゆ　さき
行き先
[yu-ki-sa-ki]
目的地

延伸單字
ほうめん
〜方面[hō-men]：
往〜方向

延伸單字
じんしんじこ
人身事故[jin-shin-ji-ko]：意外傷亡
てんらく
転落 [ten-ra-ku]：跌落
せっしょく
接触[ses-sho-ku]：擦撞

とうちゃく
到着
[tō-cha-ku]
抵達

でんしゃ　はっしゃ
まもなく電車が発車します。
電車即將行駛。

じょうむいん
乗務員
[jō-mu-in]
乘務員

交通工具上的服務人員。

列車速度比一比
とっきゅう　きゅうこう　かいそく　ふつう　かくえきていしゃ
特急 ＞ 急行 ＞ 快速 ＞ 普通・各駅停車
[tok-kyū]　[kyū-kō]　[kai-so-ku]　[fu-tsū][ka-ku-e-ki-tei-sha]

じょうきゃく
乗客
[jō-kya-ku]
乘客

か　こ　じょうしゃ
駆け込み乗車
[ka-ke-ko-mi-jō-sha]
關門時強行上車

まんいん
満員
[man-in]
客滿

じょせいせんようしゃりょう
女性専用車両
[jo-sei-sen-yō-sha-ryō]
女性專用車廂

33

バスを待つ
[ba-su-wo-ma-tsu]
等公車

てい
バス停
[ba-su-tei]
公車站

バスターミナル
[ba-su-tā-mi-na-ru]
公車總站

ろせん
路線バス
[ro-sen-ba-su]
路線公車

一般走固定路線的公車。

こうそく
高速バス
[kō-so-ku-ba-su]
高速巴士

中、長程，走快速道路或高速公路的公車。

やこう
夜行バス
[ya-kō-ba-su]
夜行巴士

搭乘時間跨夜的長程公車。

じこくひょう
時刻表
[ji-ko-ku-hyō]

つうきん
通勤ラッシュ
[tsū-kin-ras-shu]
通勤尖峰時間

じょうしゃけん
乗車券
[jō-sha-ken]
車票

延伸單字
かたみち
片道[ka-ta-mi-chi]：單程
おうふく
往復[ō-fu-ku]：來回

かいすうけん
回数券
[kai-sū-ken]
回數票

じょうしゃ
乗車
[jō-sha]
上車

せいりけん
整理券
[sei-ri-ken]
整理券

日本的公車多半採後門上車、下車付款的方式，以里程計算車資，因此上車時要抽取整理券，上面會有編號，下車時對應車資顯示器上的號碼，就知道應該付多少車資。

延伸單字
うし の
後ろ乗り[u-shi-ro-no-ri]：後門上車
あとばら
後払い[a-to-ba-ra-i]：下車收票

うんちんひょうじき
運賃表示器
[un-chin-hyō-ji-ki]
車資顯示器

延伸單字
おとな
大人[o-to-na]：成人
しょうにん
小人[shō-nin]：孩童

ざせき
座席
[za-se-ki]
座位

延伸單字
せきゆず
席を譲る
[se-ki-wo-yu-zu-ru]：讓位

つぎ と
次、止まります。
下站停車。

て
手すり
[te-su-ri]
把手

かわ
つり革
[tsu-ri-ka-wa]
吊環

うんてんし
運転士
[un-ten-shi]
駕駛

こうしゃ
降車ボタン
[kō-sha-bo-tan]
下車鈴

きゅう
急ブレーキ
[kyū-bu-rē-ki]
緊急剎車

しんごうま
信号待ち
[shin-go-ma-chi]
等紅燈

うんちんばこ
運賃箱
[un-chin-ba-ko]
車資箱

延伸單字
りょうがえ
両替[ryō-ga-e]
票箱通常附有換錢功能，但搭公車
最好還是備些零錢，通常可接受的
紙鈔最大面額為1000日圓。
こぜに
小銭[ko-ze-ni]：零錢
っ
お釣り[o-tsu-ri]：找零

ICカードリーダー
[ai-shī-kā-do-rī-dā]
IC卡感應機

延伸單字
タッチ[tac-chi]：感應

周遊日本

くるま　うんてん
車を運転する
[ku-ru-ma-wo-un-ten-su-ru]

開車

じどうしゃ
自動車
[ji-dō-sha]
汽車（泛稱）

じょしゅせき
助手席
[ju-shu-se-ki]
副駕駛座

しゃしゅ
車種
[sha-shu]

バン
[ban]
箱型車

うんてんせき
運転席
[un-ten-se-ki]
駕駛座

シートベルト
[shī-to-be-ru-to]
安全帶

こうせき
後席
[kō-se-ki]
後座

セダン
[se-dan]
房車

スポーツカー
[su-pō-tsu-kā]
跑車

延伸單字
みぎ
右ハンドル[mi-gi-han-do-ru]：右駕
ひだり
左ハンドル[hi-da-ri-han-do-ru]：左駕
ハンドル[han-do-ru]：方向盤
メーター[mē-tā]：儀表板
アクセル[a-ku-se-ru]：油門
ブレーキ[bu-rē-ki]：煞車
クラクション・ホーン
[ku-ra-ku-shon] [hōn]：喇叭

チャイルドシート
[cha-i-ru-do-shī-to]
兒童座椅

ミニバン
[mi-ni-ban]
休旅車

エコカー
[e-ko-kā]
環保車

バックミラー
[bak-ku-mi-rā]
後照鏡

ワゴン
[wa-gon]
旅行車

ハイブリッド
[hai-bu-rid-do]
油電混合車

ワイパー
[wai-pā]
雨刷

サイドバイザー
[sai-do-bai-zā]
遮雨板
（車窓及後照鏡上的）

タイヤ
[tai-ya]
輪胎

トランク
[to-ran-ku]
後行李箱

ドライブ
[do-rai-bu]
兜風

レンタカー
[ren-ta-kā]
租車

ガソリンスタンド・給油所
きゅうゆじょ
[ga-so-rin-su-tan-do] [kyū-yu-jo]
加油站

延伸單字
セルフサービス[se-ru-fu-sā-bi-su]：
自助式服務

高速道路
こうそくどうろ
[kō-so-ku-dō-ro]
高速公路

延伸單字
車線変更[sha-sen-hen-kō]：變更車道
しゃせんへんこう

サービスエリア
[sā-bi-su-e-ri-a]
休息站，簡寫為SA。

パーキングエリア
[pā-kin-gu-e-ri-a]
簡易型休息站，簡寫為PA。

駐車場
ちゅうしゃじょう
[chū-sha-jō]
停車場

国際免許証
こくさいめんきょしょう
[ko-ku-sai-men-kyo-shō]
國際駕照

料金
りょうきん
[ryō-kin]
計費

延伸單字
通常〜[tsū-jō]：一般計費
つうじょう
ハイシーズン〜[hai-shī-zun]：
旺季計費

返却
へんきゃく
[hen-kya-ku]
還車

延伸單字
ワンウェイ・乗り捨て
の　す
[wan-wei] [no-ri-su-te]
甲地租乙地還

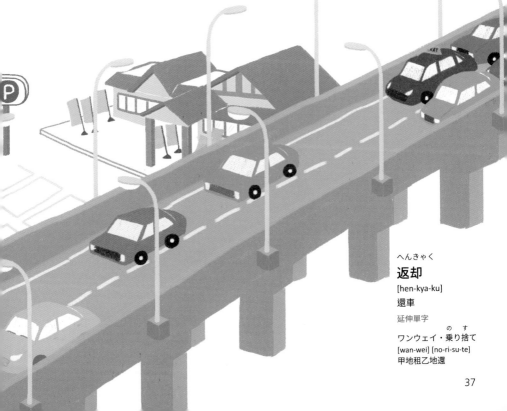

お元気ですか。私は元気です。

你好嗎？我很好。

——渡辺博子／電影〈情書〉

（ラブレター・中山美穂飾／脚本、編導：岩井俊二）

Part 2

文化日本

にほん　　ぶんか
日本の文化！

歴史／貨幣／節慶／建築／藝術

到了文化底蘊深厚的日本，如果只是逛街購物吃美食就太可惜了。試著從節慶、藝術等單字中，發現更多你不曾接觸過的日本吧！

文化日本

にほん　れきし
日本の歴史
[ni-hon-no-re-ki-shi]

日本的歷史

じょうもんどき
❶ 縄文土器
[jō-mon-do-ki]

繩文土器

土器即最原始的陶器，源自繩文時代，此時期的土器裝飾豐富，以繩索紋樣為主軸，故以「繩文」（繩紋）為此時代命名。

❷ じんむてんのう
神武天皇
[jin-mu-ten-nō]

相傳為日本彌生時代（B.C.300～250）初代天皇，雖據考證極有可能是虛構的神話人物，昭和時代時仍將史料記載神武天皇的即位日2月11日訂為建國紀念日。

こだい
古代
[ko-dai]

ぶっきょう
❸ 仏教
[buk-kyō]

佛教

日本今日佛寺多達7萬7千多座，歷史可追溯到飛鳥時代（538～710），奠定日本佛教思想的關鍵人物聖德太子在當時便廣為興建佛寺，包括現存最古老飛鳥寺、法隆寺等。

へいあんきょう
❹ 平安京
[hei-an-kyō]

710年元明天皇將首都遷至平城京，即今日的奈良，揭開奈良時代的序幕，直到794年桓武天皇遷都至平安京，即現京都，奈良時代（710～794）也隨之結束。明治時代時為紀念平安遷都1100年而創建平安神宮，入口氣派的神門應天門即為平安京宮城正廳的重現。

げんじものがたり
❺ 源氏物語
[gen-ji-mo-no-ga-ta-ri]

平安時代（794～1185）中期完成的世界第一部長篇小說，為作家紫式部（むらさきしきぶ）描寫該時代貴族階級的愛情故事。

ぶしせいけん
❻ 武士政権
[bu-shi-sei-ken]

武士政權

鎌倉幕府的結成，開啟了鎌倉時代（1192～1333）一直到江戶時代大正奉還為止670多年以武士為首的政權。

きんかくじ
❼ 金閣寺
[kin-ka-ku-ji]

鎌倉時代落幕後，日本進入南北各自為政的南北朝時代（1336～1392）。最後由足利義滿平息長達50多年的南北朝動亂促成統一，確立室町幕府的政權，其在位期間也是室町時代（1392～1467）最全盛的時期。京都金閣寺（又名鹿苑寺）便是當時足利義滿所興建的室町初期「北山文化」代表性建築，與同時代後期趨於素樸的「東山文化」（代表性建築為銀閣寺）形成對比。

⑪ 文明開化
ぶんめいかいか
[bun-mei-kai-ka]

明治政府施行的西化政策，亦為明治維新運動的一環。

⑫ 大正ロマン
たいしょう
[tai-shō-ro-man]

大正浪漫

明治天皇駕崩後由其子嗣繼位，改元號為大正，短短15年的大正時代（1912～1926）為日本文化大眾化的關鍵時期。大正浪漫意指具有大正時代精神的思想和文化。文豪谷崎潤一郎、芥川龍之介、宮澤賢治與畫家竹久夢二皆是此時代的代表人物。

戰國三英傑

室町時代後期進入日本長達100多年的戰國時代（1467～1573），而終結此亂世，率領日本進入繁華的安土桃山時代（1573～1603）的三大關鍵人物便是家喻戶曉的織田信長（おだのぶなが）、豐臣秀吉（とよとみひでよし）及其後建立江戶幕府的德川家康（とくがわいえやす）。

⑬ 東京オリンピック
とうきょう
[tō-kyō-o-rin-pik-ku]

東京奧運

1964年，同時也是昭和時代（1926～1989）年間，日本成為亞洲第一個取得奧運主辦權的國家。

めいじてんのう
⑩ 明治天皇
[mei-ji-ten-nō]

江戶幕府受包括坂本龍馬在內的維新志士所迫，大政奉還後首位掌權的天皇，在位期間推行維新運動、廢藩置縣，確立中央集權制度，同時也是日本近代化的重要推手。

せいぜんたいい
⑭ 生前退位
[sei-zen-tai-i]

天皇在世退位。2019年4月明仁天皇將皇位讓與皇太子德仁親王，日本年號也從平成（1989～2019）改為令和。

ちょうにん
⑨ 町人
[chō-nin]

指江戶時代（1603～1868）身分制度下經商的平民或工匠職人，也是江戶庶民文化蓬勃發展的重要推手。

文化日本

つうか
通貨
[tsū-ka]
貨幣

一円

五円

こうか
硬貨、コイン
[kō-ka] [ko-in]
硬幣

いちえん
一円
[i-chi-en]
日幣1圓

日本人習慣將硬幣暱稱為玉（たま）所以也稱作一円玉（いちえんだま），為日本面額最小的貨幣。現在通用的是1995年發行的鋁製一圓。

延伸單字

アルミニウム
[a-ru-mi-ni-u-mu]：鋁

ごえん
五円
[go-en]
日幣5圓

又稱五円玉（ごえんだま），黃銅製。唯一沒有使用阿拉伯數字的現行貨幣，據說只是設計上的偶然，並沒有特殊原因。由於音似ご緣（えん，緣分），在神社參拜時通常會以此當作香油錢。正面的稻穗、齒輪和水，分別代表著農業、工業及水產業。

延伸單字

おうどう
黃銅[ō-dō]

いなほ
稲穂[i-na-ho]：稻穗

はぐるま
歯車[ha-gu-ru-ma]：齒輪

十円

五十円

百円

五百円

じゅうえん
十円
[jū-en]
日幣10圓

又稱十円玉（じゅうえんだま），青銅製。現行的設計始於1951年，正面的寺院建築是位於京都宇治的平等院鳳凰堂，自平安時代至今已建立將近千年。堂內供奉阿彌陀佛，象徵追求西方極樂世界。

延伸單字

せいどう
青銅[sei-dō]

びょうどういん ほうおうどう
平等院鳳凰堂[byō-dō-in-hō-ō-dō]

うじ
宇治[u-ji]

あみだにょらい
阿弥陀如来[a-mi-da-nyo-rai]：阿彌陀佛

ごじゅうえん
五十円
[go-jū-en]
日幣50圓

又稱五十円玉（ごじゅうえんだま），白銅製。現行的設計始於1967年，當時為了與100日圓做出明顯區隔，除了在中間開一個洞之外，尺寸也比先前縮小了一些。不過50圓一直都以菊花為圖案，僅在設計上做變化。

延伸單字

はくどう
白銅[ha-ku-dō]

きく
菊[ki-ku]：菊花

ひゃくえん
百円
[hya-ku-en]
日幣100圓

又稱百円玉（ひゃくえんだま）。從前為銀幣，後來因為銀的價格翻漲，才在1967年與50圓同改為白銅幣。設計上從1957年的鳳凰到1959年的稻穗，一路演變至現在的櫻花。

ごひゃくえん
五百円
[go-hya-ku-en]
日幣5百圓

又稱五百円玉（ごひゃくえんだま）。1982年因應自動販賣機的普及，飲料價格也越來越高，過往最高面額1百圓硬幣已不足支付，因此5百圓從紙幣改成了硬幣，成為世界上名列前茅的硬幣面額。2000年日本政府為了防止偽造，將材質從白銅改為鎳黃銅，不過主體設計依然沿用原先的白桐樹與竹葉、橘枝。

延伸單字

ニッケル[nik-ke-ru]：鎳

きり
桐[ki-ri]：白桐樹

たけ
竹[ta-ke]

たちばな
橘[ta-chi-ba-na]

しへい　さつ
紙幣、お札
[shi-hei] [o-sa-tsu]
紙鈔

にせんえん
二千円
[ni-sen-en]
日幣2千圓

又稱二千円札（にせんえんさつ）、二千円券（にせんえん
けん）。上圖三種現行流通的紙鈔為日本戰後第五次發行的
「E券」，兩千円則是2000年發行的「D券」，雖然仍為現行流
通的貨幣，可幾乎很少看到。紙幣發行同年於沖繩舉辦G8高峰
會，因此以沖繩首里城的守禮門為正面圖樣。背面則是以源氏
物語繪卷的其中一帖為繪圖以及源氏物語作者紫式部的肖像。

せんえん
千円
[sen-en]
日幣1千圓

又稱千円札（せんえんさつ）、千円券（せんえんけ
ん）。現行紙鈔於2004年起發行，正面肖像是細菌學
家野口英世（1876～1928），最大貢獻是針對蛇毒與
梅毒病原體的研究。在從事黃熱病的研究中受感染而
喪命。是首位以科學家身分登上日本貨幣上的人物。
背面印製的則是象徵日本的富士山與櫻花。

延伸單字
のぐちひでよ
野口英世[no-gu-chi-hi-de-yo]

ごせんえん
五千円
[go-sen-en]
日幣5千圓

又稱五千円札（ごせんえんさつ）、五千円券（ごせ
んえんけん）。現行紙鈔於2004年起發行，正面的肖
像是日本近代女流小説家樋口一葉，因罹患肺結核年
僅24歳即離世，生平事蹟成為日本走向男女平權社會
的象徵。紙鈔背面印製了日本國寶級藝術家尾形光琳
的屏風畫燕子花圖。

延伸單字
ひぐちいちよう
樋口一葉[hi-gu-chi-i-chi-yō]
おがたこうりん
尾形光琳[o-ga-ta-kō-rin]
かきつばたず
燕子花図[ka-ki-tsu-ba-ta-zu]：燕子花圖

いちまんえん
一万円
[i-chi-man-en]
日幣1萬圓

又稱一万円札（いちまんえんさつ）・万札（まんさ
つ）、一万円券（いちまんえんけん）・万券（まん
けん），為日本貨幣的最大面額。現行紙鈔於2004年
起發行，正面的肖像為明治維新時的重要啟蒙思想家
福澤諭吉，也是名校慶應義塾大學的創辦人。背面印
製的是佇立於平等院鳳凰堂上的鳳凰像。

延伸單字
ふくざわゆきち
福沢諭吉[fu-ku-za-wa-yu-ki-chi]：福澤諭吉
けいおうぎじゅくだいがく
慶応義塾大学[kei-ō-gi-ju-ku-dai-ga-ku]：慶應義塾大學

文化日本

ぎょうじ
行事 ①
[gyō-ji]

節慶活動 ①

まつ　うち
松の内
[ma-tsu-no-u-chi]

松之內

正月新年第一個禮拜左右的期間。在這幾天內，許多商家或寺廟、神社，以及家家戶戶都會在大門口擺放「門松」（かどまつ）當作迎神招福的象徵。

はつもうで
初詣
[ha-tsu-mō-de]

頭香

新年後首次上神社、寺廟參拜。

ねんがじょう
年賀状
[nen-ga-jō]

賀年卡

每年12月中旬到下旬，日本郵局會開始處理龐大的賀年卡業務，郵差們會盡量在元旦當天將賀卡送達。

としだま
お年玉
[o-to-shi-da-ma]

壓歲錢

延伸單字
みずひき
水引[mi-zu-hi-ki]：
紅包信封上裝飾用繩結

はつゆめ
初夢
[ha-tsu-yu-me]

新年第一場夢若夢到富士山代表一年平安無事，老鷹代表開運，茄子則事可成，三者均是取其諧音的吉祥之意。

しょうがつ
お正月
[o-shō-ga-tsu]
元旦

せつぶん
節分
[se-tsu-bun]

立春的前一天，習俗會一邊撒豆子，意思是「福氣進門來、鬼怪滾出去」，目的就是把邪氣趕出去，才能迎來福神。

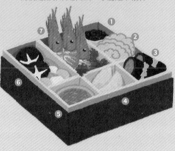

りょうり
おせち料理
[o-se-chi-ryō-ri]

年菜

「おせち料理」原本其實是日本五大節日用來供奉神明的料理，近代才演變為一般人過年吃的年菜，因此每一道菜色都帶有好兆頭的含意。

延伸單字

じゅうばこ
重箱[jū-ba-ko]
層層疊起的年菜盒，意味著滿滿的幸福與福氣。

つ　　かた
詰め方[tsu-me-ka-ta]：裝盒方式
不僅菜色講究，如何裝盒、哪一層裝什麼菜也是一門學問！

くろまめ
❶黒豆[ku-ro-ma-me]：黑豆
だてまき
❷伊達巻[da-te-ma-ki]：魚漿蛋捲
こんぶまき
❸昆布巻き[kon-bu-ma-ki]：昆布捲
かず　こ
❹数の子[ka-zu-no-ko]：鯡魚卵
❺イクラ[i-ku-ra]：鮭魚卵
にもの
❻煮物[ni-mo-no]：燉煮料理
❼えび[e-bi]：蝦子

はる
春
[ha-ru]
春天

ふじ
藤 [fu-ji]
紫藤花

はる　　　ひがん
春のお彼岸
[ha-ru-no-o-hi-gan]

春之彼岸

以春分的前後各三天為期一週，日本人會挑一天去掃墓，祭祀祖先。

延伸單字

そな
お供え[o-so-na-e]：供品
ぼたもち
牡丹餅[bo-ta-mo-chi]：牡丹餅
日本人掃墓祭祖時不可或缺的點心。做法是用紅豆餡包覆糯米，捏成手掌大小的橢圓形，平時在傳統的和菓子店也很常見，也稱作「荻餅」（おはぎ）。

ひなまつ
雛祭り
[hi-na-ma-tsu-ri]

3月3日的女兒節

延伸單字

ひなにんぎょう
雛人形 [hi-na-nin-gyō]：雛偶娃娃
習俗是過完節要趕緊收起來，否則家中的女孩兒會嫁不出去。

ゴールデンウィーク(GW)

[gō-ru-den-wī-ku]

4月底5月初的黃金周

從4月29日昭和天皇生日到5月5日兒童節，中間遇上週末與其他假日如五一勞動節，有時會連續放上10天。

なつ

夏

[na-tsu]

夏天

あさがお

朝顔

[a-sa-ga-o]

牽牛花

たんご　せっく　　　　ひ

端午の節句・こどもの日

[tan-go-no-sek-ku]　[ko-do-mo-no-hi]

端午節同時也是日本的兒童節（男兒節）。

延伸單字

ごがつにんぎょう
五月人形 [go-ga-tsu-nin-gyō]

女兒節有雛偶娃娃，男兒節也有身穿盔甲的武士人偶，保佑家中男孩成長茁壯。

こいのぼり [ko-i-no-bo-ri]：鯉魚旗

はは　ひ

母の日

[ha-ha-no-hi]

母親節

ちち　ひ

父の日

[chi-chi-no-hi]

父親節

日本同國際上多數國家，將父親節訂為6月的第3個星期日。

ちゅうげん

お中元

[o-chū-gen]

中元節

源自道教的中元節原為農曆7月15日，現代則多指國曆8月15日。在日本，中元節現在已演變為禮尚往來之日，盂蘭盆節才是祭祖的重要節日。

たなばた

七夕

[ta-na-ba-ta]

なつまつ

夏祭り

[na-tsu-ma-tsu-ri]

夏季祭典

延伸單字

はなび
花火 [ha-na-bi]：煙火

せんこうはなび
線香花火 [sen-kō-ha-na-bi]：仙女棒

ふうりん
風鈴 [fū-rin]：風鈴

ゆかた
浴衣 [yu-ka-ta]：浴衣

うちわ
団扇 [u-chi-wa]：圓扇子

ごおり
かき氷 [ka-ki-gō-ri]：刨冰

きんぎょすく
金魚掬い [kin-gyo-su-ku-i]：撈金魚

かみ
紙ポイ [ka-mi-poi]：紙網

ぼん

お盆

[o-bon]

盂蘭盆節

日本祭祖的大日子，各地舉辦時間依習俗有所不同。有些地區在國曆7月中或8月中舉辦，有些依循傳統於農曆7月中舉辦。

延伸單字

ぼんおどり
盆踊り [bon-o-dori]：盂蘭盆舞

盂蘭盆節的重頭戲，依據各地傳統與習俗，樂曲與舞蹈、服裝都有所不同，如德島阿波舞與沖繩Eisa舞都是盂蘭盆舞的一種，也是當地重要的傳統藝能項目。

どよう　　うし　ひ

土用の丑の日

[do-yō-no-u-shi-no-hi]

土用丑日

土用原指立春、立夏、立秋、立冬前18天的期間，現在則多指立秋前，也就是7月下旬左右。這段期間是一年當中最炎熱的時期，因此自江戶時代開始，民間流傳在土用期間的「丑日」吃鰻魚飯能消暑、防中暑，不過據說這其實是當時一家鰻魚飯店的老闆為招攬生意製造出的謠言，然而這個習慣卻也一直流傳至今。

延伸單字

うなぎ [u-na-gi]：鰻魚

じゅう
うな重 [u-na-jū]：鰻魚飯

文化日本

ぎょうじ
行事 ②
[gyō-ji]

節慶活動 ②

あき
秋
[a-ki]
秋天

じゅうごや
十五夜
[jū-go-ya]
中秋節

延伸單字
つきみ
お月見[o-tsu-ki-mi]：賞月
つきみだんご
お月見団子[o-tsu-ki-mi-dan-go]
日本人中秋節不吃月餅，而是
供奉糯米丸子給月亮，稱之為
月見團子。
まんげつ
満月[man-ge-tsu]：滿月

きく
菊[ki-ku]
菊花

あき　ひ がん
秋のお彼岸
[a-ki-no-o-hi-gan]
秋之彼岸

跟春分一樣，秋分當週
也是祭祖掃墓的節日。

ちょうよう せっく
重陽の節句
[chō-yō-no-sek-ku]
9月9日重陽節

けいろう　ひ
敬老の日
[kei-rō-no-hi]
敬老日

9月的第三個星期一。

ハロウィーン
[ha-ro-wīn]
萬聖節

延伸單字
仮装[ka-sō]：變裝
コスプレ[ko-su-pu-re]：
角色扮演（Cosplay）

もみじが
紅葉狩り
[mo-mi-ji-ga-ri]
賞楓

シルバーウィーク
[shi-ru-bā-wī-ku]
9月下旬的白銀周

春天有黃金周，秋天則有白銀周，指的是當周休二日、敬老日與
秋分日所有假期正好對上時形成的連休，不過因為秋分日的訂定
為每年天文觀測所發佈，要剛好對上並不容易，也因此白銀周並
不常見。

原來「賞楓」賞的不一定是楓葉？

每年10～11月的賞楓時節，經常會看到「紅葉」兩字出現
在各種宣傳廣告或報章雜誌上，然而紅葉在日文中其實有
兩種念法，一種是「もみじ」，屬於楓葉（楓・かえで）的一
種；另一種念法是「こうよう」，漢字又可標記為「黃葉」，
泛指變黃、變紅的落葉植物。所以在賞銀杏或賞楓的季
節，不妨多留意一下眼前的葉片吧！

ふゆ
冬
[fu-yu]
冬天

うめ
梅[u-me]
梅花

しちごさん
七五三
[shi-chi-go-san]

11月15日時祝賀孩子平安成長的儀式，男孩子在3歲及5歲時舉行，女孩子在3歲及7歲時舉行。從前以虛歲為準，現代則漸漸多以實歲計算。

延伸單字

かぞどし
数え年[ka-zo-e-do-shi]：虛歲

まんねんれい
満年齢[man-nen-rei]：實歲

ちとせあめ
千歳飴[chi-to-se-a-me]：千歲糖
儀式當天買給孩子當作祝賀的禮物。呈棒狀的細長形糖果，帶有延年益壽的象徵。

は　ぎ
晴れ着[ha-re-gi]：盛裝
特殊日子穿著的服裝。

せいぼ
お歳暮
[o-sei-bo]

歳末

年長一輩的日本人習慣在12月上旬～中旬的歲末時分相互送禮，表達一年以來的感恩之情。

クリスマス
[ku-ri-su-ma-su]

聖誕節

延伸單字

クリスマスツリー
[ku-ri-su-ma-su-tsu-rī]：聖誕樹

こうかん
プレゼント交換
[pu-re-zen-to-kō-kan]：交換禮物

ゆきがっせん
雪合戦[yu-ki-gas-sen]：打雪仗

ゆき
雪だるま[yu-ki-da-ru-ma]：雪人

おおみそか
大晦日
[ō-mi-so-ka]

除夕

延伸單字

こうはくうたがっせん
紅白歌合戦[kō-ha-ku-u-ta-gas-sen]：紅白歌合戦
自1951年舉辦至今的歲末直播特別節目。

としこ
年越しコンサート[to-shi-ko-shi-kon-sā-to]：跨年演唱會

としこ
年越そば[to-shi-ko-shi-so-ba]：
除夕夜守歲過了12點之後吃蕎麥麵，有延年益壽之意。

じょや　かね
除夜の鐘[jo-ya-no-ka-ne]：
除夕敲鐘
日本各地的寺廟會在12月31日這一天的深夜進行敲鐘儀式，象徵除舊迎新。

「よいお年(とし)を」&「明(あ)けましておめでとう」

在日本說「新年快樂」可是有年前、年後之分的，大約從12月中下旬開始，人們逢人便會祝賀一句「よいお年を」，這句話其實是口語的略語，完整的句子應為「よいお年をお迎(むか)えください」，意思是「請迎接一個好年」。然而，到了1月1號，大家便會自動改口，以「明けましておめでとう」相互問候，直譯即為「恭喜展開新的一年」。

47

文化日本
けんちく
建築
[ken-chi-ku]
建築

こうじげんば
工事現場
[kō-ji-gen-ba]
工地

たてもの
建物
[ta-te-mo-no]
建築物

かいそう
改装・リフォーム
[kai-sō] [ri-fō-mu]
翻修

たか　　　かいちく
建て替える・改築
[ta-te-ka-e-ru] [kai-chi-ku]
改建

ぞうちく
増築
[zō-chi-ku]
加蓋

さいかいはつ
再開発
[sai-kai-ha-tsu]
都市更新

モデルハウス
[mo-de-ru-ha-u-su]
樣品屋

こうむてん
工務店
[kō-mu-ten]
建設公司

けんちくか
建築家
[ken-chi-ku-ka]
建築師

延伸單字
デザイン[de-za-in]：設計
ずめん
図面[zu-men]：設計圖

だいく
大工
[dai-ku]
木工

どぼくさぎょういん
土木作業員
[do-bo-ku-sa-gyō-in]
建築工人

せしゅ
施主
[se-shu]
業主

建築業慣用語，其他用法則與中文一樣指布施者。

せこう
施工
[se-kō]

延伸單字
しきち
敷地[shi-ki-chi]：用地
じばん
地盤[ji-ban]：地基

しゅんこう
竣工
[shun-kō]
完工、落成

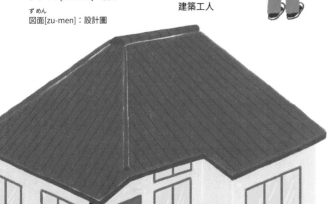

和風建築
[wa-fū-ken-chi-ku]

しんでんづくり
寝殿造り
[shin-den-zu-ku-ri]

寝殿式建築。源自平安時代的貴
族住宅形式，面向庭園的中央主
體為寝殿（正殿），兩側則為對
稱的附屬建築。現存知名的寝殿
式建築如京都御苑、宇治平等院
鳳凰堂，以及金閣寺三層構造中
的第一層皆屬之，可說是和風建
築的起源。

延伸單字
いりもやづくり
❶ 入母屋造[i-ri-mo-ya-zu-ku-ri]：歇山式屋頂
ほうぎょうづくり
❷ 宝形造[hō-gyō-zu-ku-ri]：攢尖式屋頂
きりづまづくり
❸ 切妻造[ki-ri-zu-ma-zu-ku-ri]：懸山式屋頂

しょいんづくり
書院造り [sho-in-zu-ku-ri]

書院式建築。源自室町時代，以書院為中心的武家住宅
形式。現代日式住宅大多沿襲自此，莊嚴之中講究裝飾
與四季之美，代表性建築如銀閣寺雙層構造的第一層。

すきやづくり
数寄屋造り
[su-ki-ya-zu-ku-ri]

茶寮式建築。以茶室為藍本打造的建築。起源於安土桃山時代，
「数寄」音同「好き」（喜好），即依喜好打造而成的空間，後
逐漸演變為「茶室」的意思。特色是質樸而自由，不追求華麗的
裝飾，這也是承襲自於千利休「侘寂」（わびさび）的美學。

延伸單字
つ あ まど
❶ 突き上げ窓[tsu-ki-a-ge-ma-do]：天窗
ぐち
❷ にじり口[ni-ji-ri-gu-chi]：
茶室的正式出入口。一旦通過這扇低窄的矮門，在茶室之中人人
皆平等。
きにんぐち
❸ 貴人口[ki-nin-gu-chi]：
近代的茶室有些會併設一般人站著就能進出的「貴人口」，一方
面是提升室內採光，另一方面則提供身分顯貴之人進出之用。
ふ いし
❹ 踏み石[fu-mi-i-shi]：踏腳石

やね **屋根** [ya-ne] 屋頂	かわらぶ **瓦葺き** [ka-wa-ra-bu-ki] 磚瓦屋頂。代表建築如 京都平等院鳳凰堂等。	こけらぶ **柿葺き** [ko-ke-ra-bu-ki] 木瓦屋頂。代表建築如金閣寺 舍利殿與銀閣寺觀音殿等。	ひわだぶ **檜皮葺き** [hi-wa-da-bu-ki] 樹皮屋頂。代表建築如京都 清水寺、北野天滿宮等。	かやぶ **茅葺き** [ka-ya-bu-ki] 茅草屋頂。代表建築 如白川合掌村等。

文化日本
げいじゅつ
芸術
[gei-ju-tsu]
藝術

びじゅつかん
美術館
[bi-ju-tsu-kan]

ギャラリー
[gya-ra-rī]
藝廊

アーティスト
[ā-ti-su-to]
藝術家

クリエーター
[ku-ri-ē-tā]
創作者

てんらんかい
展覧会
[ten-ran-kai]
展覽

延伸單字
かいき
会期[kai-ki]：展期

そうさく
創作
[sō-sa-ku]

インスタレーション
[in-su-ta-rē-shon]
裝置藝術

延伸單字
オブジェ[o-bu-je]：
藝術作品

かいが
絵画
[kai-ga]
繪畫

しゃしん
写真
[sha-shin]
照片

延伸單字
しゃしんか
写真家[sha-shin-ka]：攝影師

ちょうこく
彫刻
[chō-ko-ku]
雕刻

まんざい
漫才
[man-zai]

類似相聲，由兩人搭檔組成的雙人組合（コンビ），依角色（キャラ）各司其職，一個負責吐槽（ツッコミ），另一個負責裝傻（ボケ）。

ぶたい
舞台／ステージ
[bu-tai] [su-tē-ji]
舞台

映画館
えいがかん
映画館
[ei-ga-kan]
電影院

映画／シネマ
えいが
映画／シネマ
[ei-ga] [shi-ne-ma]
電影

延伸單字
ほうが
邦画[hō-ga]：
日本電影
ようが
洋画[yō-ga]：
西洋電影

ジャンル
ジャンル
[jan-ru]
類型

延伸單字
エスエフ（SF）[e-su-e-fu]：科幻片
アクション[a-ku-shon]：動作片
サスペンス[sa-su-pen-su]：懸疑片
ホラー[ho-rā]：恐怖片
ロマンス[ro-man-su]：愛情片
コメディ[ko-me-di]：喜劇片
ドキュメンタリー
[do-kyu-men-ta-rī]：紀錄片

演劇
えんげき
演劇
[en-ge-ki]
戲劇

延伸單字
げきだん
劇団[ge-ki-dan]：劇團

ミュージカル
ミュージカル
[myū-ji-ka-ru]
音樂劇

ダンス
ダンス
[dan-su]
舞蹈

落語
らくご
落語
[ra-ku-go]

發源自江戶時代的表演藝術項目，類似單口相聲。

お笑い
わら
お笑い
[o-wa-ra-i]
喜劇、說唱藝術

音楽／ミュージック
おんがく
音楽／ミュージック
[on-ga-ku] [myū-jik-ku]
音樂

歌手
かしゅ
歌手
[ka-shu]

ミュージシャン
ミュージシャン
[myū-ji-shan]
音樂家

バンド
バンド
[ban-do]
樂團

メロディー
メロディー
[me-ro-dī]
旋律

歌詞
かし
歌詞
[ka-shi]

歌
うた
歌
[u-ta]
歌曲（有歌詞）

曲
きょく
曲
[kyo-ku]
歌曲（不一定有歌詞）

延伸單字
クラシック[ku-ra-shik-ku]：古典樂
ジャズ[ja-zu]：爵士樂
ロック[rok-ku]：搖滾樂
ポップ[pop-pu]：流行樂
インディーズ[in-dī-zu]：獨立音樂
ヒップホップ・ラップ[hip-hop]
[rap-pu]：嘻哈、饒舌

用と美が結ばれるものが工芸である。

結合用與美之物，即為工藝。

——柳宗悦／《工藝之道》（工藝の道）

Part 3

買物日本

にほん　か　もの
日本でお買い物！

書籍文具／餐廚用具／家電／藥妝／
生鮮食品／市集雜貨

去到日本應該很少人會錯過購物行程！逛書店發掘流
行趨勢、去市場感受當地風情、藥妝和家電絕對必
買，精緻可愛的餐廚用具和雜貨更是讓人荷包難保！

買物日本

ほんや
本屋
[hon-ya]
書店

ほん
本
[hon]
書

カバー
[ka-bā]
書衣

ひょうし
表紙
[hyō-shi]
封面

おび
帯
[o-bi]
書腰

タイトル
[tai-to-ru]
書名

しゅっぱんしゃ
出版社
[shup-pan-sha]

さっか ちょしゃ さくしゃ
作家・著者・作者
[sak-ka][cho-sha][sa-ku-sha]
作者

イラストレーター
[i-ra-su-to-rē-tā]
插畫家

しんしょ
新書
[shin-sho]

日文「新書」是指開本為173×105mm的非文學類書籍，「新刊」（しんかん）才是新出的書，別搞錯囉！

パンフレット
[pan-fu-ret-to]
小冊子

2017年

本屋大賞

たんこうぼん
単行本
[tan-kō-bon]
單行本

意指將文學雜誌上的連載作品集結成書，以精裝本發行，因此讀者如果想收藏喜歡的作家作品時，通常會購買單行本。

延伸單字
しょめいい
署名入り[sho-me-i-ri]：簽名版
か お
書き下ろし[ka-ki-o-ro-shi]
未經連載直接創作出版的作品。

ぶんこぼん
文庫本
[bun-ko-bon]

單行本出版1～3年後，若是賣得好便會「文庫化」，出版成手掌大小的文庫本，價格也會更好入手。

延伸單字
しょはん
初版[sho-han]
じゅうはん
重版[jū-han]：再版
ぜっぱん
絶版[zep-pan]

そうごうしょてん
総合書店
[sō-gō-sho-ten]
綜合書店

しょてんいん
書店員
[sho-ten-in]
書店店員

ベストセラー
[be-su-to-se-rā]
暢銷書

ロングセラー
[ron-gu-se-rā]
長銷書

フェア
[fe-a]
書展

ほんやたいしょう
本屋大賞
[hon-ya-tai-shō]
書店大賞

由全日本書店店員評選的文學賞。自2004年起開始舉辦，每年4月發表票選結果。

芥川賞與直木賞

あくたがわしょう
芥川賞[a-ku-ta-ga-wa-shō]
文藝春秋出版社創辦人菊池寬於1935年以紀念文豪芥川龍之介之名創立的文學獎，正式名稱為芥川龍之介賞。針對報章雜誌上發表純文學短篇作品的新人作家，一年評選兩次，至今仍是日本文壇的一大盛事。

なおきしょう
直木賞[na-o-ki-shō]
同樣由菊池寬先生於1935年創立，是記念其作家好友直木三十五的文學獎，正式名稱為直木三十五賞。針對在報章雜誌上發表大眾文學短篇或長篇作品的作家，一年評選兩次，至今同樣飽受矚目。

ほんだな
本棚
[hon-da-na]
書架

コミック・マンガ
[ko-mik-ku][man-ga]
漫畫

ざっし
雑誌・ムック
[zas-shi][muk-ku]
雜誌、MOOK

く　じつよう
暮らし・実用
[ku-ra-shi][ji-tsu-yō]
生活、實用

せんもんしょ
専門書
[sen-mon-sho]
參考書

じてん　ずかん
辞典・図鑑
[ji-ten] [zu-kan]
辭典、圖鑑

ぶんげい ぶんがく
文芸・文学
[bun-gei]
[bun-ga-ku]
文學

じんぶん
人文
[jin-bun]

ようしょ
洋書
[yō-sho]
外文書

じどうしょ　えほん
児童書・絵本
[ji-dō-sho] [e-hon]
兒童書、繪本

けいざい
ビジネス・経済
[bi-ji-ne-su][kei-zai]
商業、經濟

けんちく　　　　げいじゅつ
建築・アート・芸術
[ken-chi-ku][ā-to][gei-ju-tsu]
建築、藝術

なつめそうせき
❶ 夏目漱石[na-tsu-me-sō-se-ki]
かわばたやすなり
❷ 川端康成[ka-wa-ba-ta-ya-su-na-ri]
だざいおさむ
❸ 太宰治[da-zai-o-sa-mu]
あくたがわりゅうのすけ
❹ 芥川龍之介[a-ku-ta-ga-wa-ryū-no-su-ke]

ふるほんや
古本屋
[fu-ru-hon-ya]
舊書店

ふるほん
古本まつり
[fu-ru-hon-ma-tsu-ri]
舊書市集

知名的舊書市集如東京神
保町每年秋天舉辦的「東
京名物神田舊書市集」、
京都每年夏天的「下鴨納
涼舊書市集」等等。

延伸單字
じんぼうちょう
神保町[jin-bō-chō]
東京知名的舊書街所在地，
約有180家舊書店立地於
此。

とりあつかいぶんや
取扱分野
[to-ri-a-tsu-ka-i-bun-ya]
商品類型

日本許多舊書店只專一經
營某幾類舊書籍，如專賣食
譜或藝術書。

ふるほんかいとり
古本買取
[fu-ru-hon-ka-i-to-ri]
收購舊書

しなぞろ
品揃えがいい
[shi-na-zo-ro-e-ga-ī]
備貨齊全

てんしゅ
店主・オーナー
[ten-shu] [ō-nā]
老闆

しょてん
オンライン書店
[on-ra-in-sho-ten]
網路書店

かみ　ほん
紙の本
[ka-mi-no-hon]
紙本書

でんししょせき
電子書籍
[den-shi-sho-se-ki]
電子書

う　すじ
売れ筋ランキング
[u-re-su-ji-ran-kin-gu]
暢銷排名

た　よ　　ため　よ
立ち読み・試し読み
[ta-chi-yo-mi][ta-me-shi-yo-mi]
試閱

ぶんぼうぐや
文房具屋
[bun-bō-gu-ya]
文具店

ボールペン
[bō-ru-pen]
原子筆

延伸單字
かえしん
替芯[ka-e-shin]：
替換筆芯

えんぴつ
鉛筆
[en-pi-tsu]
鉛筆

まんねんひつ
万年筆
[man-nen-hi-tsu]
鋼筆

ひっきぐ
筆記具
[hik-ki-gu]
書寫用具

ぶんぼうぐ
文房具・ステーショナリー
[bun-bō-gu] [su-tē-sho-na-rī]
文具用品

ラインマーカー
[ra-in-mā-kā]
螢光筆

インク
[in-ku]
墨水

じむようひん
事務用品
[ji-mu-yō-hin]

はさみ
[ha-sa-mi]
剪刀

カッター
[kat-tā]
美工刀

延伸單字
かえば
替刃[ka-e-ba]：
替換刀片

ゼムクリップ
[ze-mu-ku-rip-pu]
迴紋針

シャープペンシル
[shā-pu-pen-shi-ru]
自動鉛筆

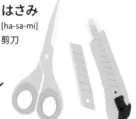

ダブルクリップ
[da-bu-ru-ku-rip-pu]
長尾夾

ホッチキス・ステープラー
[hoc-chi-ki-su] [su-tē-pu-rā]
釘書機

延伸單字
はり
ホッチキス針
[hoc-chi-ki-su-ha-ri]：訂書針

パンチ
[pan-chi]
打洞機

のり
[no-ri]
膠水

テープ
[tē-pu]
膠帶

しゅうせい　　　　しゅうせいえき
修正テープ・修正液
[shū-sei-tē-pū] [shū-sei-e-ki]
修正帶、立可白

ペンケース
[pen-kē-su]
筆盒

延伸單字
ケース：泛指可收放東西的
容器,其他還有iPadケース、
眼鏡ケース、NBケース。

えんぴつけず
鉛筆削り
[en-pi-tsu-ke-zu-ri]
削鉛筆機

け
消しゴム
[ke-shi-go-mu]
橡皮擦

紙製品
かみせいひん
[ka-mi-sei-hin]

ノート
[nō-to]
筆記本

はがき
[ha-ga-ki]
明信片

メモ・付箋
ふせん
[me-mo] [fu-sen]
Memo、備忘條

お年玉袋・ポチ袋
としだまぶくろ　ぶくろ
[o-to-shi-da-ma-bu-ku-ro]
[po-chi-bu-ku-ro]
壓歲錢袋

ラッピングペーパー
[rap-pin-gu-pē-pā]
包裝紙

絵具
えのぐ
[e-no-gu]
畫具（泛稱）

イーゼル
[ī-ze-ru]
畫架

画筆・絵筆
がひつ　えふで
[ga-hi-tsu][e-fu-de]
畫筆

パレット・絵皿
えざら
[pa-ret-to][e-za-ra]
顏料盤

色鉛筆
いろえんぴつ
[i-ro-en-pi-tsu]

書道用具
しょどうようぐ
[sho-dō-yō-gu]
書法用具

延伸單字
半紙[han-shi]：書法用紙
はんし
墨汁[bo-ku-jū]：墨汁
ぼくじゅう
太筆[fu-to-shi-fu-de]：
ふとしふで
大楷毛筆
細筆[ho-so-fu-de]：
ほそふで
小楷毛筆
文鎮[bun-chin]：紙鎮
ぶんちん
硯[su-zu-ri]：硯台
すずり

クレヨン・パステル
[ku-re-yon] [pa-su-te-ru]
蠟筆、粉彩筆

顔料
がんりょう
[gan-ryō]

57

買物日本
しょっきせんもんてん
食器専門店
[shok-ki-sen-mon-ten]

餐廚用品店

ようひん
キッチン用品
[kic-chin-yō-hin]
廚房道具

ちょうりきぐ
調理器具
[chō-ri-ki-gu]

なべ
お鍋
[o-na-be]
鍋子

延伸單字
あつで
厚手[a-tsu-de]：厚實
ふかがた
深型[fu-ka-ga-ta]：深型

フライパン
[fu-rai-pan]
平底鍋

グリルパン
[gu-ri-ru-pan]
煎烤鍋

ココット
[ko-kot-to]
小燉鍋

ボウル
[bō-ru]
調理盆

ほうちょう
包丁
[hō-chō]
菜刀

延伸單字
いた
まな板・カッティングボード
[ma-na-i-ta][kat-tin-gu-bō-to]：砧板

たまじゃくし
お玉杓子
[o-ta-ma-ja-ku-shi]
湯勺

ヘラ
[he-ra]
鍋鏟

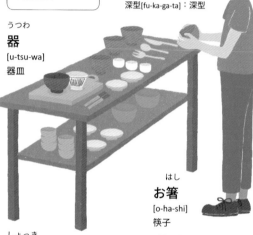

うつわ
器
[u-tsu-wa]
器皿

はし
お箸
[o-ha-shi]
筷子

延伸單字
はしお
箸置き[ha-shi-o-ki]：筷架

カトラリー
[ka-to-ra-rī]
餐具

延伸單字
ナイフ[nai-fu]：餐刀
フォーク[fō-ku]：餐叉
スプーン[su-pūn]：湯匙
ブレッドナイフ[bu-red-do-nai-fu]：麵包刀

しょっき
食器
[shok-ki]
餐具

延伸單字
ちゃわん
茶碗[cha-wan]：飯碗
こばち
小鉢[ko-ba-chi]：小碗
さら
お皿・プレート
[o-sa-ra][pu-rē-to]：盤子
まめざら
豆皿[ma-me-za-ra]：小盤

トレー
[to-rei]
托盤

コップ・グラス
[kop-pu] [gu-ra-su]
杯子

カップ
[kap-pu]
咖啡杯

マグカップ
[ma-gu-kap-pu]
馬克杯

ワイングラス
[wa-in-gu-ra-su]
酒杯

ジョッキ
[jok-ki]
啤酒杯

ケトル・やかん
[ke-to-ru] [ya-kan]
熱水壺

きゅうす
急須
[kyū-su]
茶壺

ゆのみ
湯呑
[yu-no-mi]
茶杯

延伸單字
ちゃこ
茶漉し[cha-ko-shi]：濾茶網

ティーポット
[tī-pot-to]
瓷壺

延伸單字
どびん
土瓶[do-bin]：陶壺

ざいしつ
材質
[zai-shi-tsu]

とうじき　や　もの
陶磁器・焼き物
[tō-ji-ki] [ya-ki-mo-no]
陶瓷器

ガラス
硝子
[ga-ra-su]
玻璃

いもの
鋳物
[i-mo-no]
鑄鐵

ホーロー
[hō-rō]
琺瑯

ステンレス
[su-ten-re-su]
不鏽鋼

とっくり
徳利
[tok-ku-ri]
清酒壺

さかずき しゅはい
盃・酒盃
[sa-ka-zu-ki] [shu-hai]
酒杯

酒杯的通稱，多指口徑
大的平杯。

いちごう ます
一合枡
[i-chi-gō-ma-su]
一合枡杯

180㏄的方形酒器。

しゅき
酒器
[shu-ki]

ちょこ
猪口
[cho-ko]
猪口杯

一兩口就能飲盡的小酒杯。

延伸單字
き　ざけ
利き酒[ki-ki-za-ke]：品酒
じゃ め
蛇の目[ja-no-me]：品清酒專用的猪口杯。
杯底有兩個藍色同心圓，因外型似蛇的眼睛而得名。

かたくち
片口
[ka-ta-ku-chi]
單嘴壺

のみ
ぐい呑
[gu-i-no-mi]
食吞杯

形狀與猪口杯類似，
但稍微大一點的酒杯。

ばじょうはい
馬上盃
[ba-jō-hai]
馬上杯

高腳小酒杯。

買物日本

かでんりょうはんてん
家電量販店
[ka-den-ryō-han-ten]

電器城

くうきせいじょうき
空気清浄機
[kū-ki-sei-jō-ki]

空氣清淨機

らん
どうぞご覧ください。
歡迎參考看看。

ミシン
[mi-shin]

縫紉機

アイロン
[ai-ron]

熨斗

せいかつかでん
生活家電
[sei-ka-tsu-ka-den]

これはいいですね！
這個真不錯耶！

そうじ き
ロボット掃除機
[ro-bot-to-sō-ji-ki]

掃地機器人

なま しょり き
生ごみ処理機
[na-ma-go-mi-sho-ri-ki]

廚餘處理機

そうじき
掃除機／クリーナー
[sō-ji-ki][ku-rī-nā]

吸塵器

ホームシアター
[hō-mu-shi-a-tā]

家庭劇院

スピーカー
[su-pī-kā]

音響

えきしょう
液晶テレビ
[e-ki-shō-te-re-bi]

液晶電視

プロジェクター
[pu-ro-je-ku-tā]

投影機

イヤホン・ヘッドホン
[i-ya-hon] [hed-do-hon]

耳機、頭戴式耳機

DVDレコーダー
[di-bui-di-re-kō-dā]

DVD錄放影機

ブルーレイプレーヤー
[bu-rū-rei-pu-rē-yā]

藍光播放器

ヘッドマウントディスプレイ
[hed-do-ma-un-to-di-su-pu-rei]

頭戴式顯示器（HMD）

スクリーン
[su-ku-rīn]

屏幕

じょしつき
除湿機
[jo-shi-tsu-ki]
除濕機

でんき
電気カーペット・ホットカーペット
[den-ki-kā-pet-to] [hot-to-kā-pet-to]
電毯

あたた
暖かい〜
好溫暖〜

せんぷうき
扇風機
[sen-pū-ki]
電風扇

ヒーター・ストーブ
[hī-tā][su-tō-bu]
暖爐

ふとんかんそうき
布団乾燥機
[fu-ton-kan-sō-ki]
烘被機

かしつき
加湿器
[ka-shi-tsu-ki]
加濕器

こたつ
[ko-ta-tsu]
電暖桌

びようかでん
美容家電
[bi-yō-ka-den]

**ヘアドライヤー
（ナノイオン・マイナスイオン）**
[he-a-do-rai-yā][na-no-i-on]
[mai-na-su-i-on]
吹風機（奈米離子／負離子）

でんきようひん
電気用品
[den-ki-yō-hin]
電器用品

どうにゅうびがんき
導入美顔器
[dō-nyū-bi-gan-ki]
導入儀

フェイススチーマー
[fei-su-su-chī-mā]
蒸臉器

じゅうでんき
充電器・バッテリーチャージャー
[jū-den-ki][bat-te-rī-chā-jā]
充電器、行動電源

延伸單字
プラグ[pu-ra-gu]：插頭
コンセント[kon-sen-to]：插座

だつもうき
脱毛器
[da-tsu-mō-ki]
除毛儀、美體刀

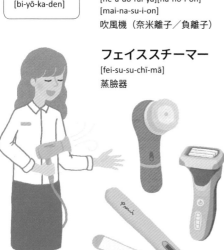

シェーバー
[shē-bā]
刮鬍刀、剃毛刀

へんあつき
変圧器
[hen-a-tsu-ki]
變壓器

延伸單字
でんあつ
電圧[den-a-tsu]：電壓

せんがんき
洗顔器
[sen-gan-ki]
洗臉機

ヘアアイロン（ストレート・カール）
[he-a-ai-ron][su-to-rē-to][kā-ru]
電棒（直、捲）

へんかん
マルチ変換プラグ
[ma-ru-chi-hen-kan-pu-ra-gu]
多國轉接插頭

ドラッグストア ①

[do-rag-gu-su-to-a]

藥妝店 ①

くすり
薬
[ku-su-ri]
藥

かぜぐすり
風邪薬
[ka-ze-gu-su-ri]
感冒藥

いちょうやく
胃腸薬
[i-chō-ya-ku]
腸胃藥

ひふぐすり
皮膚薬
[hi-fu-gu-su-ri]
皮膚藥

えきざい　　　　ざい
液剤・ドリンク剤
[e-ki-zai][do-rin-ku-zai]
藥水

カプセル
[ka-pu-se-ru]
膠囊

じょうざい
錠剤
[jō-zai]
藥錠

サプリメント
[sa-pu-ri-men-to]
保健食品

延伸單字
ビタミン[bi-ta-min]：維他命
ミネラル[mi-ne-ra-ru]：礦物質
コラーゲン[ko-rā-gen]：膠原蛋白
ダイエット〜[dai-et-to]：減肥食品

こなぐすり
粉薬・パウダー
[ko-na-gu-su-ri] [pau-dā]
藥粉

延伸單字
かりゅうざい
顆粒剤[ka-ryū-zai]：粒狀粉末
さんざい
散剤[san-zai]：粉末

めぐすり
目薬
[me-gu-su-ri]
眼藥水

延伸單字
コンタクトレンズ
[kon-ta-ku-to-ren-zu]：隱形眼鏡
ソフト[so-fu-to]：軟式
ハード[hā-do]：硬式
購買眼藥水時，如有配戴隱形眼
鏡，記得要選戴著也能點的產品。

ぬ　　ぐすり
塗り薬
[nu-ri-gu-su-ri]
外塗藥

延伸單字
かた
肩こり[ka-ta-ko-ri]：肩頸痠痛
きんにくつう
筋肉痛[kin-ni-ku-tsū]：肌肉痠痛

しっぷぐすり
湿布薬
[ship-pu-gu-su-ri]
貼布

◎症狀單字請見P.130「看醫生」。

すみません、マスクは
どこにありますか。
不好意思，請問口罩在哪裡？

マスクは2階の日用品
コーナーにあります。
口罩在2樓的日用品區。

日用品
にちようひん
[ni-chi-yō-hin]
日用品

マスク
[ma-su-ku]
口罩

ティッシュ
[tis-shu]
面紙

キッチンタオル
[kic-chin-ta-o-ru]
廚房紙巾

カイロ
[kai-ro]
暖暖包

コットン
[kot-ton]
化妝棉

せいりょうひん
生理用品
[sei-ri-yō-hin]
女性生理用品

延伸單字
ナプキン
[na-pu-kin]：衛生棉
タンポン
[tan-pon]：衛生棉條
パンティライナー
[pan-ti-rai-nā]：護墊

ひゃっきんしょうひん
百均商品
[hyak-kin-shō-hin]
百元商品

ビスケット・クッキー
[bi-su-ket-to][kuk-ki]
餅乾

あめ
飴・キャンディー
[a-me][kyan-dī]
糖果

が し
スナック菓子
[su-nak-ku-ga-shi]
零食

べいか せんべい
米菓・煎餅
[bei-ka] [sen-bei]
仙貝

かいけい
お会計
[o-kai-kei]
結帳

セール
[sē-ru]
大特價

キャンペーン
[kyan-pēn]
打折活動

めんぜい
免税・
タックスリファンド
[men-zei][tak-ku-su-ri-fan-do]
退税

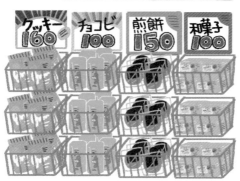

買物日本

ドラッグストア ②

[do-rag-gu-su-to-a]

薬妝店 ②

はだしつ
肌質
[ha-da-shi-tsu]
膚質

スキンケア
[su-kin-ke-a]
肌膚保養

びんかんはだ
敏感肌
[bin-kan-ha-da]
敏感肌膚

けしょうすい
化粧水・ローション
[ke-shō-sui] [rō-shon]
化妝水

延伸單字
さっぱり[sap-pa-ri]：清爽
しっとり[shit-to-ri]：滋潤
うるおい[u-ru-o-i]：保濕

かんせいはだ　　　　はだ
乾性肌・ドライ肌
[kan-sei-ha-da] [do-rai-ha-da]
乾性肌膚

あぶらしょうはだ　　　　はだ
脂性肌・オイリー肌
[a-bu-ra-shō-ha-da] [o-i-rī-ha-da]
油性肌膚

はだ
肌トラブル
[ha-da-to-ra-bu-ru]
肌膚狀況

にゅうえき
乳液・エマルジョン
[nyū-e-ki] [e-ma-ru-jon]
乳液

くま
[ku-ma]
黑眼圈

くすみ
[ku-su-mi]
暗沉

びようえき
美容液
[bi-yō-e-ki]
美容液

延伸單字
エッセンス[es-sen-su]・セラム
[se-ra-mu]：精華液
オイル[o-i-ru]：精華油

シミ
[shi-mi]
斑

しわ
[shi-wa]
皺紋

たるみ
[ta-ru-mi]
鬆弛

はだあ
肌荒れ
[ha-da-a-re]
肌膚粗糙

そばかす
[so-ba-ka-su]
雀斑

せん
ほうれい線
[hō-rei-sen]
法令紋

シートマスク・
シートパック
[shī-to-ma-su-ku][shī-to-pak-ku]
面膜

ふ　でもの
にきび・吹き出物
[ni-ki-bi] [fu-ki-de-mo-no]
青春痘、痘痘

アイクリーム
[ai-ku-rī-mu]：
眼霜

かくせん
角栓
[ka-ku-sen]
粉刺

いらっしゃいませ、ポイントカードはお持ちですか。
も
歓迎光臨，請問有集點卡嗎？

いいえ、持っていません。
も
我沒有。

けしょうひん
化粧品
[ke-shō-hin]
化妝品

メイクアップ
[mei-ku-ap-pu]
化妝

けしょうしたじ
化粧下地・ベース
[ke-shō-shi-ta-ji] [bē-su]
隔離霜

ファンデーション
[fan-dē-shon]
粉底

延伸單字
パウダー〜[pau-dā]：粉餅
リキッド〜[ri-kid-do]：粉底液
クッション〜[kus-shon]：氣墊粉餅

フェイスパウダー
[fei-su-pau-dā]
蜜粉

コンシーラー
[kon-shī-rā]
遮瑕膏

アイシャドウ
[ai-sha-dō]
眼影

アイライナー
[ai-rai-nā]
眼線筆

アイブロウ
[ai-bu-rō]
眉筆

マスカラ
[ma-su-ka-ra]
睫毛膏

つけまつげ
[tsu-ke-ma-tsu-ge]
假睫毛

ヘアカラー
[he-a-ka-rā]
染髮劑

せんがん
洗顔
[sen-gan]
洗面乳

お
クレンジング・メイク落とし
[ku-ren-jin-gu] [mei-ku-o-to-shi]
卸妝乳

延伸單字
クレンジングオイル[ku-ren-jin-gu-o-i-ru]：卸妝油
クレンジングクリーム[ku-ren-jin-gu-ku-rī-mu]：卸妝乳
クレンジングジェル[ku-ren-jin-gu-je-ru]：卸妝凝膠

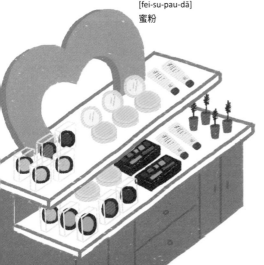

買物日本

いちば
市場①
[i-chi-ba]

市場①

ファーマーズマーケット
[fā-mā-zu-mā-ket-to]

農夫市集

延伸單字
オーガニック[ō-ga-nik-ku]：有機

マルシェ
[ma-ru-she]

市場、歐風市集

直譯自法文的市場「marché」。

はなや
花屋
[ha-na-ya]

花店

くだもの
果物
[ku-da-mo-no]

水果

さくらんぼ
[sa-ku-ran-bo]

櫻桃

いちご
[i-chi-go]

草莓

みかん
蜜柑
[mi-kan]

橘子

ぶどう
葡萄
[bu-dō]

びわ
枇杷
[bi-wa]

もも
桃
[mo-mo]

すもも
李
[su-mo-mo]

いちじく
無花果
[i-chi-ji-ku]

キウイフルーツ
[ki-wī-fu-rū-tsu]

奇異果

あんず
杏
[an-zu]

杏桃

かき
柿
[ka-ki]

柿子

マンゴー
[man-gō]

芒果

バナナ
[ba-na-na]

香蕉

メロン
[me-ron]

哈蜜瓜

アボカド
[a-bo-ka-do]

酪梨

スイカ
[sui-ka]

西瓜

グレープ
フルーツ
[gu-rē-pu-fu-rū-tsu]

葡萄柚

りんご
林檎
[rin-go]

蘋果

なし
梨
[na-shi]

ゆず
柚子
[yu-zu]

うめ
梅
[u-me]

レモン
[re-mon]

檸檬

やおや せいかてん
八百屋・青果店
[ya-o-ya][sei-ka-ten]

蔬果店

キャベツ
[kya-be-tsu]

高麗菜

ブロッコリー
[bu-rok-ko-rī]

綠花椰菜

カリフラワー
[ka-ri-fu-ra-wā]

白花椰菜

レタス
[re-ta-su]

萵苣

みずな
水菜
[mi-zu-na]

ゴーヤ
[gō-ya]

苦瓜

オクラ
[o-ku-ra]

秋葵

セロリ
[se-ro-ri]

芹菜

しいたけ
椎茸
[shi-ta-ke]

香菇

しめじ
[shi-me-ji]

鴻喜菇

えのき
[e-no-ki]

金針菇

エリンギ
[e-rin-gi]

杏鮑菇

れんこん
蓮根
[ren-kon]

蓮藕

サボテン・多肉植物
たにくしょくぶつ
[sa-bo-ten][ta-ni-ku-sho-ku-bu-tsu]
仙人掌、多肉植物

紫陽花
あじさい
[a-ji-sa-i]
繡球花

チューリップ
[chū-rip-pu]
鬱金香

雛菊・デイジー
ひなぎく
[hi-na-gi-ku][dei-jī]
雛菊

鉢植え
はちうえ
[ha-chi-u-e]
盆花

盆栽
ぼんさい
[bon-sai]
盆栽

霞草
かすみそう
[ka-su-mi-sō]
滿天星

カーネーション
[kā-nē-shon]
康乃馨

薔薇
ばら
[ba-ra]
玫瑰

向日葵
ひまわり
[hi-ma-wa-ri]

百合
ゆり
[yu-ri]

花束・ブーケ
はなたば
[ha-na-ta-ba] [bū-ke]
花束

ピーマン
[pī-man]
青椒

牛蒡
ごぼう
[go-bō]

じゃが芋
いも
[ja-ga-i-mo]
馬鈴薯

筍
たけのこ
[ta-ke-no-ko]
筍子

長芋
ながいも
[na-ga-i-mo]
山藥

薩摩芋
さつまいも
[sa-tsu-ma-i-mo]
地瓜

茗荷
みょうが
[myō-ga]

玉葱
たまねぎ
[ta-ma-ne-gi]
洋葱

玉蜀黍
とうもろこし
[tō-mo-ro-ko-shi]
玉米

里芋
さといも
[sa-to-i-mo]
芋頭

葱
ねぎ
[ne-gi]
蔥

唐辛子
とうがらし
[tō-ga-ra-shi]
辣椒

大蒜
にんにく
[nin-ni-ku]

買物日本

いちば

市場②
[i-chi-ba]

市場②

せいにくてん
精肉店
[sei-ni-ku-ten]
肉鋪

ロース
[rō-su]
里肌

ヒレ
[hi-re]
腰內（菲力）

むね
[mu-ne]
胸

もも
[mo-mo]
腿

なんこつ
軟骨
[nan-ko-tsu]

たん
[tan]
舌

ほほ
[ho-ho]
頰

カルビ
[ka-ru-bi]
五花

あかみ
赤身
[a-ka-mi]
瘦肉

ホルモン・もつ
[ho-ru-mon] [mo-tsu]
內臟、下水

其中「ホルモン」有時也用來
特指「牛大腸」。
延伸單字
ハチノス[ha-chi-no-su]：牛肚
レバー[re-bā]：肝
ハラミ[ha-ra-mi]：肝連
すじ[su-ji]：筋

| 288円 | 750円 | 1080円 | 380円 |
| 248円 | 1080円 | 1130円 | 260円 |

| カレーコロッカ 130 | カニクリーム 160 コロッカ |
| メンチカツ 220 | コロッケ 100 |

ぎゅうにく
牛肉
[gyū-ni-ku]
牛肉

ぶたにく
豚肉
[bu-ta-ni-ku]
豬肉

とりにく
鶏肉
[to-ri-ni-ku]
雞肉

うすぎ　にく
薄切り肉
[u-su-gi-ri-ni-ku]
肉片

にく
かたまり肉
[ka-ta-ma-ri-ni-ku]
肉塊

き　お
切り落とし
[ki-ri-o-to-shi]
碎肉

にく
ひき肉
[hi-ki-ni-ku]
絞肉

にくだんご
肉団子
[ni-ku-dan-go]
肉丸

ウィンナー
[win-nā]
熱狗

ハム
[ha-mu]
火腿

コロッケ
[ko-rok-ke]
可樂餅

カツサンド
[ka-tsu-san-do]
炸豬排三明治

くし
串カツ
[ku-shi-ka-tsu]
串炸

如同「串燒」一樣，將肉類海鮮或蔬菜等
食材用竹籤一個個串起而得名，裹好粉之
後下鍋炸至酥脆。是源大阪通天閣附近
的B級美食。

延伸單字
きゅう
B級グルメ[bī-kyū-gu-ru-me]：
B級美食
あ
揚げたて[a-ge-ta-
te]：剛炸好「〜た
て」為「剛…」的意
思，如「採（と）れ
たて」即「剛採
收」之意等等。

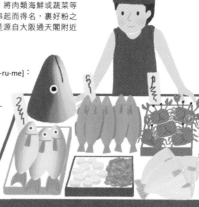

かんぶつてん
乾物店
[kan-bu-tsu-ten]
乾貨店

かつおぶし
鰹節
[ka-tsu-o-bu-shi]
柴魚

のり
海苔
[no-ri]

まめ　ざっこく
豆・雑穀
[ma-me] [zak-ko-ku]
豆類、穀類

延伸單字

だいず
大豆 [dai-zu]：黃豆

くろまめ
黒豆 [ku-ro-ma-me]：黑豆

まめ
そら豆 [so-ra-ma-me]：蠶豆

まめ
レンズ豆 [ren-zu-ma-me]：扁豆

まめ
いんげん豆 [in-gen-ma-me]：白腎豆

きんときまめ
金時豆 [kin-to-ki-ma-me]：大紅豆

せいまい
精米 [sei-mai]：白米

げんまい
玄米 [gen-mai]：糙米

お　むぎ
押し麦 [o-shi-mu-gi]：燕麥

むぎ
はと麦 [ha-to-mu-gi]：薏仁

スルメ
[su-ru-me]
魷魚乾

こんぶ
昆布
[kon-bu]

すいさん　せんぎょてん
水産・鮮魚店
[sui-san] [sen-gyo-ten]
海鮮、鮮魚攤

そうざいや
惣菜屋
[sō-zai-ya]
熟食店

いちび
一尾
[i-chi-bi]
整條

かき
牡蠣
[ka-ki]
牡蠣、生蠔

おばんざい
[o-ban-zai]
特指帶有京都家庭料理風味的熟食。外來語「デリ」則通常指西式口味的熟食。

にざかな
煮魚
[ni-za-ka-na]
燉魚

き　み
切り身
[ki-ri-mi]
魚塊

はまぐり
蛤
[ha-ma-gu-ri]
蛤蠣

おでん
[o-den]
黑輪（關東煮）

せいしょくよう
生食用
[sei-sho-ku-yō]
可生食

さざえ
栄螺
[sa-za-e]
海螺

ごもくまめ
五目豆
[go-mo-ku-ma-me]
燉什錦豆

たちうお
太刀魚
[ta-chi-u-o]
白帶魚

なまこ
[na-ma-ko]
海蔘

たまごやき
玉子焼き
[ta-ma-go-ya-ki]
玉子燒

たら
鱈
[ta-ra]
鱈魚

わかめ
若芽
[wa-ka-me]
海帶芽

すぶた
酢豚
[su-bu-ta]
糖醋排骨

マリネ
[ma-ri-ne]
涼拌菜

メンチカツ
[men-chi-ka-tsu]
炸肉排

エビフライ
[e-bi-fu-rai]
炸蝦

◎更多海鮮單字請見P.74「壽司店」。

買物日本

のみ　いち
蚤の市
[no-mi-no-i-chi]
跳蚤市場

かいさい
開催スケジュール
[kai-sai-su-ke-jū-ru]
活動日程

延伸單字
うてんけっこう
雨天決行[u-ten-kek-kō]：
雨天照常舉行

かいじょう
会場
[kai-jō]
展場

しゅってん
出店リスト
[shut-ten-ri-su-to]
參展清單

ブース
[bū-su]
展攤

コレクター・コレクション
[ko-re-ku-tā] [ko-re-ku-shon]
收藏家、收藏品

延伸單字
セレクト[se-re-ku-to]：選品
アイテム[ai-te-mu]：品項
ディスプレイ[di-su-pu-rei]：陳列

ワークショップ
[wā-ku-shop-pu]
體驗工房

クラフト・ハンドメイド
[ku-ra-fu-to] [han-do-mei-do]
手工藝

延伸單字
いってんもの
一点物[it-ten-mo-no]：
只有一件的單品

じつえんはんばい
実演販売
[ji-tsu-en-han-bai]
現場製作銷售

アンティーク
[an-tī-ku]
古董

チェスト
[che-su-to]
櫃子

テーブル
[tē-bu-ru]
桌子

い　す
椅子・チェア
[i-su] [che-a]
坐椅

スツール
[su-tsū-ru]
凳子

こどうぐ
古道具
[ko-dō-gu]

延伸單字
さび
錆[sa-bi]：生鏽
　　　　　　　　　　ぐあい
コンディション・具合
[kon-di-shon][gu-a-i]：狀態

ざっか　こもの
雑貨・小物
[zak-ka] [ko-mo-no]
雜貨、小東西

ハンカチ
[han-ka-chi]
手帕

延伸單字
ししゅう
刺繍[shi-shū]：刺繡
レース[rē-su]：蕾絲

てぬぐい
[te-nu-gu-i]
手巾

ジュエリー・ビジュー
[ju-e-rī] [bi-jū]
珠寶

うでどけい
腕時計
[u-de-do-kei]
手錶

かいちゅうどけい
懐中時計
[kai-chū-do-kei]
懷錶

レコード
[re-kō-do]
黑膠唱片

ぬいぐるみ
[nu-i-gu-ru-mi]
玩偶

ドライフラワー
[do-rai-fu-ra-wā]
乾燥花

バスケット
[ba-su-ket-to]
竹籃

アクセサリー
[a-ku-se-sa-rī]
飾品

延伸單字
イヤリング[i-ya-rin-gu]：耳環
ネックレス[nek-ku-re-su]：項鍊
ブローチ[bu-rō-chi]：別針
指輪[yu-bi-wa]：戒指
シュシュ[shu-shu]・ヘアゴム[he-a-go-mu]：髮圈

ふるぎ
古着
[fu-ru-gi]
二手衣物

延伸單字
デニムジャケット[de-ni-mu-ja-ket-to]：牛仔外套
ネルシャツ[ne-ru-sha-tsu]：法蘭絨襯衫
ウールスカート[ū-ru-su-kā-to]：羊毛裙
チェック[chek-ku]：格子
プリント[pu-rin-to]：印花

商売とは、感動を与えることである。

所謂做生意，就是賦予感動的行為。

——松下幸之助

Part 4

美食日本

にほん
日本のグルメ！

壽司／食堂／咖啡／麵包、甜點

從高級壽司、琳瑯滿目的B級美食，到風情萬種的咖
啡館、香氣四溢的麵包店……，去日本如何能不發
胖？！學會基本單字，點餐不再眼花撩亂！

美食日本

すしや
寿司屋
[su-shi-ya]
壽司店

しなが
お品書き
[o-shi-na-ga-ki]
菜單

すし
鮨・寿司
[su-shi]
壽司

さしみ　つく
刺身・お造り
[sa-shi-mi] [o-tsu-ku-ri]
生魚片

も　あ
盛り合わせ
[mo-ri-a-wa-se]
拼盤

おまかせ
[o-ma-ka-se]
無菜單料理

たいしょう　おかみ
大将 / 女将
[tai-shō] [o-ka-mi]
（和食店）老闆 / 老闆娘

いたまえ
板前
[i-ta-ma-e]
（和食店）師傅

しろみざかな
白身魚
[shi-ro-mi-za-ka-na]
白肉魚

ひらめ
平目（ヒラメ）
[hi-ra-me]
比目魚

ふぐ
河豚（フグ）
[fu-gu]

まだい
真鯛（マダイ）
[ma-dai]
鯛魚

あなご
穴子（アナゴ）
[a-na-go]
星鰻

かれい
鰈（カレイ）
[ka-rei]
鰈魚

カンパチ
[kan-pa-chi]
紅甘

あかみざかな
赤身魚
[a-ka-mi-za-ka-na]
紅肉魚

カジキ
[ka-ji-ki]
旗魚

さけ
鮭・サーモン
[sa-ke] [sā-mon]
鮭魚

延伸單字
ノルウェー[no-ru-wē]：挪威
ようしょく
養殖[yō-sho-ku]

まぐろ
鮪（マグロ）
[ma-gu-ro]
鮪魚

延伸單字
トロ[to-ro]：鮪魚肚
あかみ
赤身[a-ka-mi]：瘦肉

かつお
鰹（カツオ）
[ka-tsu-o]
鰹魚

にぎ　ず　し　え　ど　まえずし
握り寿司・江戸前寿司
[ni-gi-ri-zu-shi] [e-do-ma-e-zu-shi]
握壽司

延伸單字
シャリ[sha-ri]：醋飯
ぐざい　　　　　ねた
具材[gu-zai]・ネタ[ne-ta]・
タネ[ta-ne]：配料
いっかん　　　にかん
一貫[ik-kan]・二貫[ni-kan]：
貫（握壽司的單位）

はこずし
箱寿司
[ha-ko-zu-shi]
箱壽司

發源於大阪，是關西地區
主流的菜單。據說也是握
壽司的起源。作法是將醋
飯與配料放入專用的木
盒中，壓成方方正正的四
方形再切分開來。押壽司
（押し寿司）即為箱壽司
的一種。

ひか もの ぎょかい
光り物・魚介
[hi-ka-ri-mo-no] [gyo-kai]
青背亮皮魚類、海鮮

あぶ
炙り
[a-bu-ri]
炙燒

ち　ず し
散らし寿司
[chi-ra-shi-zu-shi]
散壽司

さんま（サンマ）
[san-ma]
秋刀魚

わさび
山葵
[wa-sa-bi]

あじ
鯵（アジ）
[a-ji]
竹筴魚

ほたて
帆立（ホタテ）
[ho-ta-te]
干貝

やくみ
薬味
[ya-ku-mi]
辛香蔬菜

延伸單字
しょうが
生姜[shō-ga]：薑
みょうが
茗荷[myō-ga]
おおば
大葉[ō-ba]：青紫蘇

いなり ず し
稲荷寿司
[i-na-ri-zu-shi]
豆皮壽司

さば
鯖（サバ）
[sa-ba]
鯖魚

えび
海老（エビ）
[e-bi]
蝦子

いわし
鰯（イワシ）
[i-wa-shi]
沙丁魚

かに
蟹（カニ）
[ka-ni]

ぶり
鰤（ブリ）
[bu-ri]
青甘

たこ
蛸（タコ）
[ta-ko]
章魚

ま　ず し
巻き寿司
[ma-ki-zu-shi]
壽司捲

いか
烏賊（イカ）
[i-ka]
花枝

延伸單字
ほそま
細巻き[ho-so-ma-ki]：細捲
ふとま
太巻き[fu-to-ma-ki]：
太捲、花壽司
てっかま
鉄火巻き[tek-ka-ma-ki]：
鮪魚細捲
ま
かっぱ巻き
[kap-pa-ma-ki]：小黃瓜細捲
「かっぱ」原是河童的意
思，小黃瓜捲的切面看起來
像河童的頭，因而得名。
ま
かんぴょう巻き
[kan-pyō-ma-ki]：醬瓜細捲

いくら
[i-ku-ra]
鮭魚卵

て ま　ず し
手巻き寿司
[te-ma-ki-zu-shi]
手卷

延伸單字
や　のり
焼き海苔[ya-ki-no-ri]：烤海苔
たまごや
卵焼き[ta-ma-go-ya-ki]：煎蛋
うなぎ かばやき
鰻の蒲焼[u-na-gi-no-ka-ba-ya-ki]：蒲燒鰻魚
カニカマ[ka-ni-ka-ma]：蟹肉棒
なっとう
納豆[nat-tō]
アスパラガス[a-su-pa-ra-ga-su]：蘆筍

うに
海胆（ウニ）
[u-ni]
海膽

美食日本
しょくどう
食堂
[sho-ku-dō]

餐館

ラーメン
[rā-men]
拉麵

チャーシュー
[chā-shū]
叉燒

あじづ　　たまご
味付け卵
[a-ji-zu-ke-ta-ma-go]
溏心蛋

メンマ
[men-ma]
筍乾

もやし
[mo-ya-shi]
豆芽菜

ねぎ　　　　ぎ
葱（みじん切り）
[ne-gi]
葱（切葱花）

スープ
[sū-pu]
湯頭

延伸單字
しょうゆ
醬油[shō-yu]：醬油
しおあじ
塩味[shi-o-a-ji]：鹽味
みそ
味噌[mi-so]：味噌
とんこつ
豚骨[ton-ko-tsu]：豬骨

ふとめん　　ほそめん
太麺／細麺
[fu-to-men] [ho-so-men]

寬麵／細麵

延伸單字
コシ[ko-shi]：彈性。
「コシがある」即為「有咬勁」的意思。

サイドメニュー
[sai-do-me-nyū]

副餐

延伸單字
チャーハン[chā-han]：炒飯
ぎょうざ
餃子[gyō-za]：煎餃
おにぎり[o-ni-gi-ri]：三角飯糰

うどん・そば
[u-don] [so-ba]
烏龍麵、蕎麥麵

たぬきうどん
[ta-nu-ki-u-don]
油渣烏龍麵

「たぬき」原意為「狸貓」，有一說是因為麵裡只有油渣，沒有加配料（＝タネ抜［ぬ］き），取諧音而得名。

きつねうどん [ki-tsu-ne-u-don]
豆皮烏龍麵

「きつね」原意為「狐狸」，據說是因為狐狸愛吃豆皮而得名。

かまあ
釜揚げうどん
[ka-ma-a-ge-u-don]
湯烏龍麵

ぶっかけうどん
[buk-ka-ke-u-don]
醬汁烏龍麵

ざるそば
[za-ru-so-ba]
蕎麥涼麵

又稱「もりそば」或「せいろそば」。

つきみ
月見そば
[tsu-ki-mi-so-ba]
生蛋黃蕎麥麵

とろろそば
[to-ro-ro-so-ba]
山藥泥蕎麥麵

さんさい
山菜そば
[san-sai-so-ba]
野菜蕎麥麵

てう
手打ち
[te-u-chi]
手打

けんばいき
券売機
[ken-bai-ki]
售票機

麵店常設置在門口，讓客人點餐、付款一次解決。

ぎょうれつ
行列
[gyō-re-tsu]
大排長龍

和風 (わふう)
[wa-fū]
日式

茶碗蒸し (ちゃわんむし)
[cha-wan-mu-shi]
茶碗蒸

お吸い物 (すもの)
[o-su-i-mo-no]
清湯

みそ汁 (しる)
[mi-so-shi-ru]
味噌湯

豚カツ (とん)
[ton-ka-tsu]
炸豬排

天丼 (てんどん)
[ten-don]
炸天婦羅丼飯

延伸單字
大盛り[ō-mo-ri] (おお)：大碗
並み[na-mi] (な)：普通
小盛り[ko-mo-ri] (こも)：小碗
天ぷら[ten-pu-ra] (てん)：
炸天婦羅

唐揚げ (からあ)
[ka-ra-a-ge]
炸雞

生姜焼き (しょうがや)
[shō-ga-ya-ki]
薑汁燒肉

肉じゃが (にく)
[ni-ku-ja-ga]
馬鈴薯燉肉

焼き魚 (やざかな)
[ya-ki-za-ka-na]
烤魚

延伸單字
ほっけの塩焼き (しおや)
[hok-ke-no-shi-o-ya-ki]
鹽烤花魚

サラダ
[sa-ra-da]
沙拉

小鉢 (こばち)
[ko-ba-chi]
小菜

アジフライ
[a-ji-fu-rai]
炸竹筴魚

日替わり定食 (ひが　ていしょく)
[hi-ga-wa-ri-tei-sho-ku]
每日定食

定食通常會有一導主菜＋一
道配菜，再附湯、醬菜。

洋風 (ようふう)
[yō-fū]
西式

カレーライス
[ka-rē-rai-su]
咖哩飯

オムライス
[o-mu-rai-su]
蛋包飯

ハンバーグ
[han-bā-gu]
漢堡排

マカロニグラタン
[ma-ka-ro-ni-gu-ra-tan]
焗烤通心麵

パスタ
[pa-su-ta]
義大利麵

ハヤシライス
[ha-ya-shi-rai-su]
紅酒燉牛肉

申し訳ございません、 (もう　わけ)
今日はもう売り切れです。 (きょう　う　き)
非常抱歉，今天已經賣完了。

日替わり定食を (ひが　ていしょく)
ください。
請給我每日定食。

美食日本

カフェ
[ka-fe]

咖啡店

喫茶店與咖啡店
兩者的區別在於營業許可規範不同，咖啡店取得的是餐飲業營業許可，「喫茶店」則只能提供不含酒精的飲料及只需加熱的簡易餐點。

じかばいせん
自家焙煎
[ji-ka-bai-sen]

自家烘焙

延伸單字
ばいせんき
焙煎器・ロースター
[bai-sen-ki][rō-su-tâ]：
咖啡烘豆機

コーヒー
[kō-hī]
咖啡

ハンドドリップ
[han-do-do-rip-pu]

手沖

延伸單字
ドリッパー
[do-rip-pā]：手沖濾杯
ドリップポット
[do-rip-pu-pot-to]：手沖壺

バリスタ
[ba-ri-su-ta]

咖啡師

きんえんせき
禁煙席
[kin-en-se-ki]

禁菸區

きつえんせき
喫煙席
[ki-tsu-en-se-ki]

吸菸區

アメリカーノ・アメリカン
[a-me-ri-kā-no]
[a-me-ri-kan]

美式

カフェラテ
[ka-fe-ra-te]

拿鐵

カフェオレ
[ka-fe-o-re]

咖啡歐蕾

カプチーノ
[ka-pu-chī-no]

卡布奇諾

カフェモカ・モカジャバ
[ka-fe-mo-ka]
[mo-ka-ja-ba]

摩卡

ウィンナーコーヒー
[win-nā-kō-hī]

維也納咖啡

コンパナ
[kon-pa-na]

康寶藍

ダッチコーヒー
[dac-chi-kō-hī]

冰滴咖啡

キャラメルマキアート
[kya-ra-me-ru-ma-ki-ā-to]

焦糖瑪奇朵

みずだ
水出しコーヒー
[mi-zu-da-shi-kō-hī]

冷泡咖啡、冰滴咖啡

シングルオリジン・ストレート
[shin-gu-ru-o-ri-jin]
[su-to-rē-to]

單一品種

スペシャルティコーヒー
[su-pe-sha-ru-ti-kō-hī]

精品咖啡

延伸單字
さんち
產地[san-chi]：產地
ひんしゅ
品種[hin-shu]：品種
ナチュラル
[na-chu-ra-ru]：日曬
ウォッシュド
[wos-shu-do]：水洗

エスプレッソ
[e-su-pu-res-so]

義式濃縮

ばいせん どあ
焙煎度合い
[bai-sen-do-a-i]

烘焙度

延伸單字
あさい
浅煎り[a-sa-i-ri]：淺焙
ちゅうい
中煎り[chū-i-ri]：中焙
ちゅうぶかい
中深煎り[chū-bu-ka-i-ri]：中深焙
ふかい
深煎り[fu-ka-i-ri]：深焙

ブレンド
[bu-ren-do]

綜合

延伸單字
アイス[ai-su]：冰
ホット[hot-to]：熱

ダージリン
[dā-ji-rin]
大吉嶺

チャイ
[chai]
印度奶茶

レモンティー
[re-mon-tī]
檸檬紅茶

アールグレイ
[ā-ru-gu-rei]
伯爵茶

ココア
[ko-ko-a]
可可

クリームソーダ・フロート
[ku-rī-mu-sō-da] [fu-rō-to]
冰淇淋汽水、冰淇淋漂浮

カウンター
[ka-un-tā]
吧檯

ハーブティー
[hā-bu-tī]
花草茶

ジュース
[jū-su]
果汁

デカフェ〜・カフェインレス〜
[de-ka-fe]
[ka-fe-in-re-su]
低咖啡因

メニュー
[me-nyū]
菜單

みず
お水
[o-mi-zu]
水

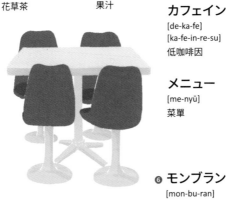

❻ **モンブラン**
[mon-bu-ran]
蒙布朗

タルトタタン
[ta-ru-to-ta-tan]
翻轉蘋果塔

❹ **バウムクーヘン**
[ba-u-mu-kū-hen]
年輪蛋糕

❼ **アップルパイ**
[ap-pu-ru-pai]
蘋果派

ミルフィーユ
[mi-ru-fī-yu]
千層派

❶ **ホットケーキ**
[hot-to-kē-ki]
鬆餅

❺ **ショートケーキ**
[shō-to-kē-ki]
草莓鮮奶油蛋糕

❽ **チーズケーキ**
[chī-zu-kē-ki]
起司蛋糕

コーヒーゼリー
[kō-hī-ze-rī]
咖啡凍

❷ **カヌレ**
[ka-nu-re]
可麗露

❸ **マドレーヌ**
[ma-do-rē-nu]
瑪德蓮

79

パン屋
や
[pan-ya]

麵包店

焼きたて
や
[ya-ki-ta-te]

剛出爐

自家製
じ か せい
[ji-ka-sei]

天然酵母
てんねんこうぼ
[ten-nen-kō-bo]

進々堂

ハード系
けい
[hā-do-kei]

硬麵包

ソフト系
けい
[so-fu-to-kei]

軟麵包

ロールパン
[rō-ru-pan]

小餐包

フォカッチャ
[fo-kac-cha]

佛卡夏

ナン
[nan]

印度烤餅

コッペパン
[kop-pe-pan]

夾心麵包

バタール
[ba-tā-ru]

法國麵包

ブール
[bū-ru]

圓麵包

バゲット
[ba-get-to]

長棍

エピ
[e-pi]

麥穗麵包

（通常會夾餡料）

ライ麦パン
むぎ
[rai-mu-gi-pan]

裸麥麵包

パン・ド・カンパーニュ
[pan-do-kan-pā-nyu]

鄉村麵包

外型多為圓球，跟圓圓麵包的差異在於
鄉村麵包摻有裸麥粉。

菓子パン
かし
[ka-shi-pan]

甜麵包

豆パン
まめ
[ma-me-pan]

豆類麵包

パン・オ・ショコラ
[pan-o-sho-ko-ra]

巧克力可頌

デニッシュ
[de-nis-shu]

丹麥麵包

食パン
しょく
[sho-ku-pan]

吐司

延伸單字
まいぎ
8枚切り [ha-chi-
mai-gi-ri]：8片裝

あんパン
[an-pan]

紅豆麵包

クリームパン
[ku-rī-mu-pan]

奶油麵包（克林姆）

メロンパン
[me-ron-pan]

菠蘿麵包

コロネ
[ko-ro-ne]

號角麵包

シナモンロール
[shi-na-mon-rō-ru]

肉桂捲

フィリング・トッピング
[fi-rin-gu] [top-pin-gu]
內餡 (filling)、外餡 (topping)

サンドイッチ
[san-do-ic-chi]
三明治

タルティーヌ
[ta-ru-tī-nu]
單片三明治

チーズ・フロマージュ
[chī-zu] [fu-ro-mā-ju]
乳酪

延伸單字
カマンベール[ka-man-bê-ru]：卡門貝爾
モッツァレラ[mot-tsa-re-ra]：莫札瑞拉
パルメザン[pa-ru-me-zan]：帕瑪森
チェダー[che-dā]：切達

パン職人
しょくにん
[pan-sho-ku-nin]
麵包師傅

ポーク
[pō-ku]
豬肉

バジル
[ba-ji-ru]
羅勒

チキン
[chi-kin]
雞肉

コーン
[kōn]
玉米

ビーフ
[bī-fu]
牛肉

きのこ
[ki-no-ko]
菇類

生ハム
なま
[na-ma-ha-mu]
生火腿

ほうれん草
そう
[hō-ren-sō]
菠菜

ベーコン
[bê-kon]
培根

ソーセージ
[sō-sē-ji]
香腸

オリーブ
[o-rī-bu]
橄欖

ペッパー
[pep-pā]
胡椒

レーズン
[rē-zun]
葡萄乾

ジャム
[ja-mu]
果醬

キャラメル
[kya-ra-me-ru]
焦糖

メープル
[mē-pu-ru]
楓糖

ドライフルーツ
[do-rai-fu-rū-tsu]
果乾

ベリー
[be-rī]
莓果

延伸單字
いちご[i-chi-go]・ストロベリー
[su-to-ro-be-rī]：草莓
カシス[ka-shi-su]：黑醋栗
ブルーベリー[bu-rū-be-rī]：藍莓
ラズベリー[ra-zu-be-rī]・フラン
ボワーズ[fu-ran-bo-wā-zu]：覆盆子
クランベリー[ku-ran-be-rī]：蔓越莓

トング
[ton-gu]
夾子

トレー
[to-rē]
托盤

チョコ・ショコラ
[cho-ko] [sho-ko-ra]
巧克力

あずき
[a-zu-ki]
紅豆

延伸單字
こしあん[ko-shi-an]：豆沙
つぶあん[tsu-bu-an]：紅豆餡（保留紅豆顆粒）

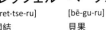

カレーパン
[ka-rē-pan]
咖哩麵包

クロワッサン
[ku-ro-was-san]
可頌

ブリオッシュ
[bu-ri-os-shu]
布里歐修

ブレッツェル
[bu-ret-tse-ru]
德國結

ベーグル
[bê-gu-ru]
貝果

腹が、減った。
肚子……餓了。

へ
はら

──井之頭五郎／日劇〈孤獨的美食家〉
（孤独のグルメ・松重豊飾／原著：久住昌之）

Part 5

時尚日本
にほん
日本のファッション！

單品／材質／妝髮／造型

日本可以說是引領東洋世界時尚潮流的先鋒，學會時
尚相關詞彙，不僅購物時更方便，還能試著開始閱讀
日文雜誌掌握流行趨勢！

時尚日本

スナップ
[su-nap-pu]

街拍

ようふく
洋服
[yō-fu-ku]
衣服

トップス
[top-pu-su]
上衣

ワイド
[wai-do]
寬版

タイト
[tai-to]
窄版

ボトム
[bo-to-mu]
裙褲

インナー
[in-nā]
內搭

ハイウエスト
[hai-wue-su-to]
高腰

ロング
[ron-gu]
長版

ショート
[shō-to]
短版

レディス
[re-di-su]
女裝

メンズ
[men-zu]
男裝

ドレスアップ
[do-re-su-ap-pu]
盛裝打扮

き
着こなし・コーディネート
[ki-ko-na-shi] [kō-di-nē-to]
穿搭

SNAP1

セーター
[sē-tā]
毛衣

ジーンズ
[jīn-zu]
牛仔褲

コート
[kō-to]
大衣

延伸單字
アウター[au-tā]：外套
トレンチコート
[to-ren-chi-kō-to]：風衣

リュック・バックパック
[ryuk-ku] [bak-ku-pak-ku]
後背包

スニーカー
[su-nī-kā]
休閒鞋

ぼう
ハンチング帽
[han-chin-gu-bō]
鴨舌帽

SNAP2

ぼうし
帽子・ハット
[bō-shi] [hat-to]
帽子

シャツ
[sha-tsu]
襯衫

フォーマルジャケット
[fō-ma-ru-ja-ket-to]
西裝外套

スラックス
[su-rak-ku-su]
西裝褲

延伸單字
アンクルパンツ
[an-ku-ru-pan-tsu]：九分褲

ドレスシューズ
[do-re-su-shū-zu]
紳士鞋

SNAP3

ベレー帽 ぼう
[be-rē-bō]
貝蕾帽

ワンピース
[wan-pī-su]
洋装

靴下・ソックス くつした
[ku-tsu-shi-ta] [sok-ku-su]
襪子

フラットシューズ
[fu-rat-to-shū-zu]
平底鞋

ショルダーバック
[sho-ru-dā-bak-ku]
側背包

延伸單字
ポーチバッグ
[pō-chi-bag-gu]：
斜背小包包

SNAP4

アイウェア
[ai-we-a]
造型眼鏡

スポーツサンダル
[su-pō-tsu-san-da-ru]
運動涼鞋

Tシャツ
[ti-sha-tsu]
T-shirt

Vネック
[bui-nek-ku]
V領

ショートパン
ツ・短パン たん
[shō-to-pan-tsu]
[tan-pan]
短褲

ベルト
[be-ru-to]
腰帶

SNAP7

ブラウス
[bu-rau-su]
女短衫

プリーツ
スカート
[pu-rī-tsu-su-kā-to]
百褶裙

ストッキング
[su-tok-kin-gu]
絲襪

クラッチバッグ
[ku-rac-chi-bag-gu]
手拿包

パンプス
[pan-pu-su]
包鞋

延伸單字
バレリーナシューズ
[ba-re-rī-na-shū-zu]：
芭蕾舞鞋

SNAP5

ターバン・
ヘアバンド
[tā-ban] [he-a-ban-do]
頭巾、髮帶

ニットカーディガン
[nit-to-kā-di-gan]
針織衫

オールインワン
[ō-ru-in-wan]
連身褲

サンダル
[san-da-ru]
涼鞋

かごバッグ
[ka-go-bag-gu]
竹籃包

SNAP6

ウール
カーディガン
[ū-ru-kā-di-gan]
羊毛衫

スカート
[su-kā-to]
裙子

ブーツ
[bū-tsu]
靴子

トートバッグ
[tō-to-bag-gu]
托特包

時尚日本

ファッションショー
[fas-shon-shō]
時裝秀

スタイリング
[su-tai-rin-gu]
造型

コレクション
[ko-re-ku-shon]
服裝系列

モデル
[mo-de-ru]
模特兒

ブランド
[bu-ran-do]
品牌

延伸單字
シャネル[sha-ne-ru]：Chanel
コム・デ・ギャルソン[ko-mu-de-gya-ru-son]：
Comme des Garcons
ディオール[di-ō-ru]：Dior
エルメス[e-ru-me-su]：Hermes
フェンディ[fen-di]：Fendi
グッチ[guc-chi]：Gucci
イッセイ・ミヤケ[is-sei-mi-ya-ke]：Issey Miyake
ルイ・ヴィトン[ru-i-bi-ton]：Louis Vuitton

ブティック
[bu-tik-ku]
精品

延伸單字
ジュエリー[ju-e-rī]：珠寶
スカーフ[su-kā-fu]：絲巾
ストール・マフラー
[su-tō-ru] [ma-fu-rā]：圍巾
ネクタイ[ne-ku-tai]：領帶
ポケットチーフ[po-ket-to-chī-fu]：口袋巾
財布・ウォレット[sai-fu] [wo-ret-to]：皮夾
フレグランス・パフューム・香水
[fu-re-gu-ran-su] [pā-fyū-mu] [kō-sui]：香水

ランウェイ
[ran-wei]
伸展台

目立つ
[me-da-tsu]
醒目

奇抜
[ki-ba-tsu]
前衛

エレガント
[e-re-gan-to]
優雅

フェミニン
[fe-mi-nin]
女性化

ボーイッシュ
[bō-is-shu]
男孩風

ロマンチック
[ro-man-chik-ku]
浪漫

カジュアル
[ka-ju-a-ru]
休閒

華やか
[ha-na-ya-ka]
華麗

モダン・おしゃれ
[mo-dan] [o-sha-re]
時髦

チャーミング
[chā-min-gu]
有魅力

観客
[kan-kya-ku]
觀眾

スタイリッシュ
[su-tai-ris-shu]
有型

明快
[mei-kai]
鮮豔

トレンド
[to-ren-do]
趨勢

シーズン
[shī-zun]
季節

テーマ
[tē-ma]
主題

セレブ
[se-re-bu]
名人

シック
[shik-ku]
雅致

カシミア
[ka-shi-mi-a]
喀什米爾

テキスタイル
[te-ki-su-tai-ru]
織品

デニム
[de-ni-mu]
牛仔布

コットン
[kot-ton]
棉

モチーフ
[mo-chī-fu]
圖案

はんぷ
カンバス・帆布
[kan-ba-su] [han-pu]
帆布

フラワープリント
[fu-ra-wā-pu-rin-to]
印花

リネン
[ri-nen]
亞麻

ニット
[nit-to]
針織

チェック
[chek-ku]
格紋

シルク
[shi-ru-ku]
絲質

ポリエステル
[po-ri-e-su-te-ru]
聚酯纖維

ファー
[fā]
毛皮

レザー
[re-zā]
皮革

パッチワーク
[pac-chi-wā-ku]
拼布

ナイロン
[nai-ron]
尼龍

レース
[rē-su]
蕾絲

ししゅう
刺繍
[shi-shū]
刺繡

ドット
[dot-to]
圓點

みどり
緑
[mi-do-ri]
綠

モノトン
[mo-no-ton]
單色

ニュートラルカラー
[nyū-to-ra-ru-ka-rā]
無彩色

延伸單字
トーン[ton]：調性

延伸單字
くろ　　　しろ
黒[ku-ro]　白[shi-ro]
はいいろ
グレイ・灰色
[gu-rei] [hai-i-ro]：灰

いろあ
色合わせ
[i-ro-a-wa-se]
配色

あお
青
[a-o]
藍

アースカラー
[ā-su-ka-rā]
大地色

あか
赤
[a-ka]
紅

きいろ
黄色
[ki-i-ro]
黃

延伸單字
カーキ[kā-ki]：卡其色
ベージュ[bē-ju]：米

グラデーション
[gu-ra-dē-shon]
漸層

むらさき
紫
[mu-ra-sa-ki]
紫

コントラスト
[kon-to-ra-su-to]
對比

ヘアメイク
[he-a-mei-ku]

妝髮

かおがた
顔型
[ka-o-ga-ta]

臉形

かみがた
髪型
[ka-mi-ga-ta]

髮型

延伸單字
かみ け
髪の毛[ka-mi-no-ke]：頭髮
まえがみ
前髪[ma-e-ga-mi]：瀏海

ヘアアレンジ
[he-a-a-ren-ji]

頭髮造型

カット
[kat-to]

剪髮

延伸單字
にあ
似合わせカット
[ni-a-wa-se-kat-to]：
個人髮型設計

カラー
[ka-rā]

染髮

延伸單字
ハイライトカラー
[hai-rai-to-ka-rā]：挑染

パーマ
[pā-ma]

燙髮

かん
どんな感じになさいますか。
您想呈現什麼樣的感覺呢？

ふう
こんな風にしたいです。
我想要這樣的風格。

ブロー
[bu-rō]

吹髮

トリートメント
[to-rī-to-men-to]

護髮

け　てんねん
クセ毛・天然パーマ
[ku-se-ke] [ten-nen-pā-ma]

自然捲

かみしつ
髪質
[ka-mi-shi-tsu]

髮質

延伸單字
かた
硬い[ka-ta-i]：粗硬
やわ
柔らかい[ya-wa-ra-ka-i]：細軟

すっぴん
[sup-pin]
素顔

ボブ
[bo-bu]
鮑伯頭

ショートヘア
[shō-to-he-a]
短髮

さわ
爽やか
[sa-wa-ya-ka]
爽朗

ぎゃくさんかくけい
逆三角形
[gya-ku-san-ka-ku-kei]
倒三角形臉

ま がみ
カール・巻き髪
[kā-ru] [ma-ki-ga-mi]
捲髮

たまごがた
卵型
[ta-ma-go-ga-ta]
蛋形臉

まるがお
丸顔
[ma-ru-ga-o]
圓臉

あ こ
編み込み
[a-mi-ko-mi]
編髮

延伸單字
み あ
三つ編み
[mit-tsu-a-mi]：麻花辮

ハイトーンカラー
[hai-ton-ka-rā]
亮色系

がた
ベース型
[bē-su-ga-ta]
方形臉

ストレート
[su-to-rē-to]
直髮

ワックス
[wak-ku-su]
髮膠

クール
[kū-ru]
帥氣

カラコン
[ka-ra-kon]
瞳孔放大片

はで
派手
[ha-de]
浮華

セクシー
[se-ku-shī]
性感

みみ
耳かけ
[mi-mi-ka-ke]
塞耳後

キャップ
[kyap-pu]
棒球帽

オーバーサイズ
[ō-bā-sai-zu]
大尺碼

ロングヘア
[ron-gu-he-a]
長髮

まるえり
丸襟
[ma-ru-e-ri]
公主領

モテる
[mo-te-ru]
受歡迎的

おもなが
面長
[o-mo-na-ga]
長型臉

ハーフアップ
[hā-fu-ap-pu]
公主頭

おとなかわい
大人可愛い
[o-to-na-ka-wa-ī]
成熟可愛

フレンチネイル
[fu-ren-chi-nei-ru]
法式指甲

ミディアムヘア
[mi-di-a-mu-he-a]
中長髮

ポニーテール
[po-nī-tē-ru]
馬尾

せいそ
清楚
[sei-so]
清秀

じょうひん
上品
[jō-hin]
高雅

ファッションとは、それを着ている人の中身も含めたものなのです。所謂的流行時尚，包含穿的人本身的內涵在內。

——川久保玲

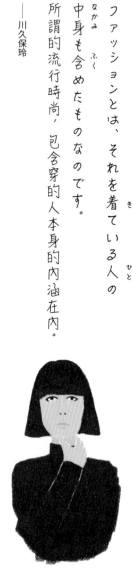

旅行日本

にほん　たび

日本へ旅する！

行前準備／機場／飯店／休閒活動

終於準備啟程出發日本了！機票買了嗎？飯店訂了嗎？到了日本總是有跑不玩的景點，上山又下海之後再泡個溫泉，身心皆滿足！

旅行日本

旅に出る
[ta-bi-ni-de-ru]

旅行

かいがいりょこう
海外旅行
[kai-gai-ryo-kō]

海外旅遊

延伸單字
パスポート [pa-su-pō-to]：護照
ビザ [bi-za]：簽證

ハイシーズン
[hai-shī-zun]

旺季

延伸單字
ねだん たか
値段が高い [ne-dan-ga-ta-ka-i]：價錢很貴

おもの
落とし物
[o-to-shi-mo-no]

遺失物

ゆ さき
行き先
[yu-ki-sa-ki]

目的地

こくないりょこう
国内旅行
[ko-ku-nai-ryo-kō]

國內旅遊

オフシーズン
[o-fu-shī-zun]

淡季

延伸單字
ねだん やす
値段が安い [ne-dan-ga-ya-su-i]：價錢很便宜

りょこうほけん
旅行保険
[ryo-kō-ho-ken]

旅遊保險

にづく
荷造り・パッキング
[ni-zu-ku-ri] [pak-kin-gu]

打包

りょこうようひん
旅行用品
[ryo-kō-yō-hin]

スーツケース
[sū-tsu-kē-su]

行李箱

リュック
[ryuk-ku]

後背包

いるいあっしゅくぶくろ
衣類圧縮袋
[i-rui-ash-shu-ku-bu-ku-ro]

衣物壓縮袋

アイマスク
[ai-ma-su-ku]

眼罩

みみせん
耳栓
[mi-mi-sen]

耳塞

つか す したぎ
使い捨て下着
[tsu-ka-i-su-te-shi-ta-gi]

免洗內褲

き が
着替え
[ki-ga-e]

換洗衣物

パジャマ
[pa-ja-ma]

睡衣

こ わ
小分けボトル
[ko-wa-ke-bo-to-ru]

分裝瓶

スリッパ
[su-rip-pa]

拖鞋

ネッククッション
[nek-ku-kus-shon]

頸枕

ツアー
[tsu-a]
套裝行程

りょこうがいしゃ
旅行会社
[ryo-kō-gai-sha]
旅行社

パッケージツアー
[pak-kē-ji-tsu-ā]
旅行團

フリープラン
[fu-rī-pu-ran]
自由行

スケジュール
[su-ke-jū-ru]
行程表

こじんりょこう
個人旅行
[ko-jin-ryo-kō]
自助旅行

ひとりたび
一人旅
[hi-to-ri-ta-bi]
單人旅行

ガイドブック
[gai-do-buk-ku]
旅遊書

やばい！急がないと。
いそ
糟了！得快點才行。

つぎ かいぎ
次の会議、もうすぐ
はじ
始まるんだ。
下一場會議馬上要開始了！

ドル
[do-ru]
美金

げん
元
[gen]
新台幣

ユーロ
[yū-ro]
歐元

げんきん
現金
[gen-kin]

えん
円
[en]
日圓

しゅっちょう
出張
[shuc-chō]
出差

りょうがえ
両替
[ryō-ga-e]
換錢

めいし
名刺
[mei-shi]
名片

がいか
外貨
[gai-ka]
外幣

クレジットカード
[ku-re-jit-to-kā-do]
信用卡

しゅっちょうてあて
出張手当
[shuc-chō-te-a-te]
出差津貼

けいひ
経費
[kei-hi]
差旅費、經費

かわせ
為替レート
[ka-wa-se-rē-to]
匯率

延伸單字
えんだか
円高[en-da-ka]：日幣升值
えんやす
円安[en-ya-su]：日幣貶值

93

【Part6】

旅行日本

ひこうき の
飛行機に乗る
[hi-kō-ki-ni-no-ru]

搭飛機

こうくうけん ひこうき
航空券・飛行機チケット
[kō-kū-ken] [hi-kō-ki-chi-ket-to]
機票

おうふく
往復
[ō-fu-ku]
來回

くうこう
空港
[kū-kō]
機場

こうくうがいしゃ
航空会社
[kō-kū-gai-sha]
航空公司

エルシーシー
LCC
[e-ru-shī-shī]
廉價航空

かたみち
片道
[ka-ta-mi-chi]
單程

こくないせん
国内線
[ko-ku-nai-sen]
國內線

こくさいせん
国際線
[ko-ku-sai-sen]
國際線

パスポート
[pa-su-pō-to]
護照

フライト
[fu-rai-to]
班機

ターミナル
[tā-mi-na-ru]
航廈

にもつ
荷物
[ni-mo-tsu]
行李

延伸單字
あず
預ける[a-zu-ke-ru]：託運
きない も こ
機内に持ち込む
[ki-nai-ni-mo-chi-ko-mu]：登機
わ もの こわ もの
割れ物・壊れ物
[wa-re-mo-no][ko-wa-re-mo-no]：
易碎品
じゅうりょうせいげん
重量制限[jū-ryō-sei-gen]：
重量限制
オーバーウェイト
[ō-bā-wei-to]：超重

グランドスタッフ
[gu-ran-do-su-taf-fu]
地勤人員

れんらく
シャトルバス・連絡バス
[sha-to-ru-ba-su] [ren-ra-ku-ba-su]
接泊巴士

てにもつうけとりじょ
手荷物受取所
[te-ni-mo-tsu-u-ke-to-ri-jo]
行李提取處

しゅっこく にゅうこくしんさ
出国・入国審査カウンター
[shuk-ko-ku / nyū-ko-ku-shin-sa-ka-un-tā]
海關／出入境審查

チェックインカウンター
[chek-ku-in-ka-un-tā]
報到櫃台

ほあんけんさじょう
保安検査場
[ho-an-ken-sa-jō]
安全檢查通道

しゅっぱつ
出発
[shup-pa-tsu]
出境

とうちゃく
到着
[tō-cha-ku]
入境

94

しゅつにゅうこくきろく イーディー
出入国記録カード・EDカード
[shu-tsu-nyū-ko-ku-ki-ro-ku-kā-do] [ī-dī-kā-do]
出入境表格

ちえん
遅延
[chi-en]
延誤

けっこう
欠航
[kek-kō]
取消

ざせき
座席
[za-se-ki]
座位

りりく
離陸
[ri-ri-ku]
起飛

ちゃくりく
着陸
[cha-ku-ri-ku]
著陸

きゃくしつじょうむいん シーエー
客室乗務員／キャビンアテンダント／CA
[kya-ku-shi-tsu-jō-mu-in] [kya-bin-a-ten-dan-to] [shī-ē]
機組人員／空服員

つうろがわ
通路側
[tsū-ro-ga-wa]
走道邊

とうじょうぐち
搭乗口／ゲート
[tō-jō-gu-chi] [gē-to]
登機門

まどがわ
窓側
[ma-do-ga-wa]
靠窗邊

とうじょうけん
搭乗券／ボーディングパス
[tō-jō-ken] [bō-din-gu-pa-su]
登機證

ひじょうぐち
非常口
[hi-jō-gu-chi]
逃生門

きちょう
機長
[ki-chō]
機師

ふくそうじゅうし
副操縦士
[fu-ku-sō-jū-shi]
副機師

ファストクラス
[fa-su-to-ku-ra-su]
頭等艙

ちょっこう
直行
[chok-kō]
直飛

けいゆ
経由
[kei-yu]
過境

ビジネスクラス
[bi-ji-ne-su-ku-ra-su]
商務艙

の つ
乗り継ぎ
[no-ri-tsu-gi]
轉機

エコノミークラス
[e-ko-no-mī-ku-ra-su]
經濟艙

シートベルト
[shī-to-be-ru-to]
安全帯

きないしょく
機内食
[ki-nai-sho-ku]
飛機餐

95

ホテルに泊まる
[ho-te-ru-ni-to-ma-ru]
住飯店

宿泊
[shu-ku-ha-ku]
住宿

ロビー
[ro-bī]
大廳

フロント
[fu-ron-to]
櫃台

うけつけ
受付
[u-ke-tsu-ke]
接待處

ビーアンドビー
ペンション・B&B
[pen-shon] [bī-an-do-bī]
民宿

ホテル
[ho-te-ru]
飯店

リゾート
[ri-zō-to]
度假村

りょかん
旅館
[ryo-kan]
旅館

ビジネスホテル
[bi-ji-ne-su-ho-te-ru]
商務旅館

ゲストハウス・ホステル
[ge-su-to-hau-su] [ho-su-te-ru]
青年旅館

チェックイン
[chek-ku-in]
入住

チェックアウト
[chek-ku-au-to]
退房

よやく
オンライン予約
[on-ra-in-yo-ya-ku]
線上預訂

いっぱくにしょくつ
一泊二食付き
[ip-pa-ku-ni-sho-ku-tsu-ki]
一夜兩餐

かた ど
片泊まり
[ka-ta-do-ma-ri]
一夜一餐

す ど
素泊まり
[so-do-ma-ri]
住宿無餐

ちょくぜんねさ
直前値下げ
[cho-ku-zen-ne-sa-ge]
出清降價

くうしつけんさく
空室検索
[kū-shi-tsu-ken-sa-ku]
空房查詢

そうきわりびき
早期割引
[sō-ki-wa-ri-bi-ki]
早鳥折扣

プラン
[pu-ran]
促銷方案

まんしつ
満室
[man-shi-tsu]
客滿、無空房

ダブル
[da-bu-ru]
雙人房（一張雙人床）

ツイン
[tsu-in]
雙床雙人房（兩張單人床）

シングル
[shin-gu-ru]
單人房

貸し出し備品
か　だ　び　ひん
[ka-shi-da-shi-bi-hin]
租借用品

延伸單字
ベビーベッド[be-bī-bet-to]：嬰兒床
もうふ
毛布[mō-fu]：毯子
ノートパソコン[nō-to-pa-so-kon]：筆記型電腦
えんちょう
延長コード[en-chō-kō-do]：延長線
ばんそうこう
絆創膏[ban-sō-kō]：OK繃
くだもの
果物ナイフ[ku-da-mo-no-nai-fu]：水果刀

客室
きゃくしつ
[kya-ku-shi-tsu]
客房

禁煙／喫煙ルーム
きんえん　きつえん
[kin-en-rū-mu]
[ki-tsu-en-rū-mu]
禁菸／吸菸房

エキストラベッド
[e-ki-su-to-ra-bet-to]
加床

ミニバー
[mi-ni-bā]
房內迷你吧檯（minibar）

セーフティーボックス・金庫
きんこ
[sē-fu-tī-bok-ku-su] [kin-ko]
保險箱

アイロン
[ai-ron]
熨斗

のんびり
[non-bi-ri]
悠閒

落ち着く
お　つ
[o-chi-tsu-ku]
沉靜、安穩

リニューアル
[ri-nyū-a-ru]
翻新、重新裝潢

居心地が良い
いごこち　　よ
[i-go-ko-chi-ga-yoi]
舒適

便利
べんり
[ben-ri]
方便

延伸單字
りっちじょうけん
立地条件
[ric-chi-jō-ken]：週邊環境

東京駅

3

旅行日本

やま のぼ
山に登る
[ya-ma-ni-no-bo-ru]

爬山

とざん	やま	みね	たけ	こうげん
登山	山	峰	岳	高原
[to-zan]	[ya-ma]	[mi-ne]	[ta-ke]	[kō-gen]

ロープ
[rō-pu]
繩索

と ざんれっしゃ	ま みち	くだ みち
登山列車	巻き道	下り道
[to-zan-res-sha]	[ma-ki-mi-chi]	[ku-da-ri-mi-chi]
登山鐵路	羊腸小道	下坡路

ロープウェイ
[rō-pu-wei]
纜車

てんぼうだい
展望台
[ten-bō-dai]
觀景台

しぜん
自然
[shi-zen]
大自然

たか	みつばち
鷹	蜜蜂
[ta-ka]	[mi-tsu-ba-chi]
老鷹	

やまある
ハイキング・山歩き
[hai-kin-gu][ya-ma-a-ru-ki]
健行

はな
花
[ha-na]

ふくろう
梟
[fu-ku-rō]
貓頭鷹

たき
滝
[ta-ki]
瀑布

コース
[kō-su]
行程

みちしるべ
道標
[mi-chi-shi-ru-be]
路標

くさ
草
[ku-sa]

へび
蛇
[he-bi]

いけ
池
[i-ke]
池塘

ルート
[rū-to]
路線

ひがえ
日帰り
[hi-ga-e-ri]
一日遊

き
樹
[ki]

かえる
蛙
[ka-e-ru]
青蛙

みずうみ
湖
[mi-zu-u-mi]
湖泊

しょしんしゃ
初心者
[sho-shin-sha]
新手

ピクニック
[pi-ku-nik-ku]
野餐

は
葉っぱ
[hap-pa]
樹葉

オタマジャクシ
[o-ta-ma-ja-ku-shi]
蝌蚪

かわ
川
[ka-wa]
小溪

き み
木の実
[ki-no-mi]
樹果

せみ
蝉
[se-mi]
蟬

もり
森
[mo-ri]
森林

レジャーシート
[re-jā-shī-to]
野餐墊

延伸單字
どんぐり
[don-gu-ri]：橡果
まつ まつ
松ぼっくり・松
かさ [ma-tsu-bok-
ku-ri] [ma-tsu-ka-
sa]：松果

ちょうちょう
蝶々
[chō-chō]
蝴蝶

いわ
岩
[i-wa]
岩石

とざんぐち
登山口
[to-zan-gu-chi]
山路口

さんちょう
山頂
[san-chō]

お ね
尾根
[o-ne]
山脊

そうび
装備
[sō-bi]
裝備

ほういじしん　　らしんばん
方位磁針・羅針盤
[hō-i-ji-shin] [ra-shin-ban]
指南針

とざんどう
登山道
[to-zan-dō]
山路

ピーク
[pī-ku]
山峰

ガイド
[gai-do]
嚮導

延伸單字
とうざいなんぼく
東西南北[tō-zai-nan-bo-ku]
ひがし
東[hi-ga-shi]
にし
西[ni-shi]
みなみ
南[mi-na-mi]
きた
北[ki-ta]

あまぐ
雨具
[a-ma-gu]

延伸單字
レインウエア
[re-in-we-a]：防雨衣物

じょう
キャンプ場
[kyan-pu-jō]
營地

ザック
[sak-ku]
登山包

ち ず
地図
[chi-zu]
地圖

テント
[ten-to]
帳篷

すいとう
水筒
[sui-tō]
水壺

やまごや
山小屋
[ya-ma-go-ya]
山中小屋

ファーストエイドキット
[fā-su-to-ei-do-kit-to]
急救包

た び
焚き火
[ta-ki-bi]
營火

とざんぐつ
登山靴
[to-zan-gu-tsu]
登山鞋

ねぶくろ
寝袋
[ne-bu-ku-ro]
睡袋

ステッキ・ストック
[su-tek-ki] [su-tok-ku]
手杖

ぼうかんぎ
防寒着
[bō-kan-gi]
防寒衣物

ガソリンランタン
[ga-so-rin-ran-tan]
煤氣燈

フライパン
[fu-rai-pan]
平底鍋

ヘッデン
[hed-den]
頭燈

ワンバーナー
[wan-bā-nā]
單口瓦斯爐

クールボックス
[kū-ru-bok-ku-su]
冰桶

こうどうしょく
行動食
[kō-dō-sho-ku]
隨身糧

延伸單字
アンダーウェア
[an-dā-we-a]：衛生衣
ダウンジャケット
[da-un-jak-ket-to]：羽絨外套
フリース[fu-rī-su]：刷毛外套
アウター[a-u-tā]：外套
てぶくろ
手袋[te-bu-ku-ro]：手套

旅行日本

うみ　い
海に行く
[u-mi-ni-i-ku]

去海邊

クルーズ
[ku-rū-zu]
遊輪

かもつせん
貨物船
[ka-mo-tsu-sen]
貨輪

ぎょせん
漁船
[gyo-sen]

うみ　いえ
海の家
[u-mi-no-i-e]
海邊的商店

ラムネ
[ra-mu-ne]
彈珠汽水

アメリカンドック
[a-me-ri-kan-dog-gu]
炸熱狗

かもめ
[ka-mo-me]
海鷗

ごおり
カキ氷
[ka-ki-gō-ri]
剉冰

や
イカ焼き
[i-ka-ya-ki]
烤花枝

すなはま
砂浜
[su-na-ha-ma]
沙灘

むぎ　　ぼうし
麦わら帽子
[mu-gi-wa-ra-bō-shi]
草帽

にっこうよく
日光浴
[nik-kō-yo-ku]

サングラス
[san-gu-ra-su]
太陽眼鏡

ひ　や　ど
日焼け止め
[hi-ya-ke-do-me]
防曬乳

みずぎ
水着
[mi-zu-gi]
泳衣

ビーチサンダル
[bī-chi-san-da-ru]
海灘拖鞋

ビキニ
[bi-ki-ni]
比基尼

ダイビング
[dai-bin-gu]
潜水

延伸單字
ウェットスーツ
[wet-to-sū-tsu]：潜水衣

サーフィン
[sā-fin]
衝浪

延伸單字
サーフボード[sā-fu-bō-do]：衝浪板
サーフポイント[sā-fu-po-in-to]：浪點
なみ
波[na-mi]：海浪
なみま
波待ち[na-mi-ma-chi]：等浪

すいえい
水泳
[sui-ei]
游泳

延伸單字
うわ
浮き輪[u-ki-wa]：泳圈

スノーケリング・
シュノーケリング
[su-nō-ke-rin-gu]
[shu-nō-ke-rin-gu]
浮潛

さんごしょう
珊瑚礁
[san-go-shō]

たつ お ご
竜の落とし子
[ta-tsu-no-o-to-shi-go]
海馬

ビーチバレー
[bī-chi-ba-rē]
沙灘排球

パラソル
[pa-ra-so-ru]
遮陽傘

かに
蟹
[ka-ni]
螃蟹

しおひが
潮干狩り
[shi-o-hi-ga-ri]
挖蛤蠣

延伸單字
くまで
熊手[ku-ma-de]：耙子
バケツ[ba-ke-tsu]：水桶
はまぐり
蛤[ha-ma-gu-ri]：蛤蠣
あさり
浅蜊[a-sa-ri]：海瓜子

やどか
宿借り
[ya-do-ka-ri]
寄居蟹

ヤシの木
ヤシの木
[ya-shi-no-ki]
椰子樹

わ
スイカ割り
[sui-ka-wa-ri]
打西瓜

ひとで
海星
[hi-to-de]

旅行日本

お風呂に入る
[o-fu-ro-ni-ha-i-ru]

泡澡

せんとう
銭湯
[sen-tō]
澡堂

おとこゆ
男湯
[o-to-ko-yu]

おんなゆ
女湯
[on-na-yu]

ばんだい
番台
[ban-dai]
櫃台

にゅうとうりょう
入湯料
[nyū-tō-ryō]
入浴費

い ぐち
入り口
[i-ri-gu-chi]
入口

のれん
暖簾
[no-ren]

げ た ばこ
下駄箱
[ge-ta-ba-ko]
鞋箱

だついじょ
脱衣所
[da-tsu-i-jo]
更衣室

アメニティ
[a-me-ni-ti]
盥洗用品

延伸單字
シャンプー[shan-pū]：洗髮精
コンディションナー[kon-di-shon-nā]：潤髮乳
トリートメント[to-rī-to-men-to]：護髮乳
ボディソープ[bo-di-sō-pu]：沐浴乳
シャワーキャップ[sha-wā-kyap-pu]：浴帽
くし[ku-shi]：梳子

レンタルタオル
[ren-ta-ru-ta-o-ru]
租用毛巾

あら ば
洗い場
[a-ra-i-ba]
沖洗處

ゆおけ
湯桶
[yu-o-ke]
澡盆

タイル絵・ペンキ絵
え　　え
[tai-ru-e] [pen-ki-e]
瓷磚彩繪、澡堂壁畫

温泉
おんせん
[on-sen]
温泉

露天風呂
ろてんぶろ
[ro-ten-bu-ro]
露天浴池

湯船・浴槽
ゆぶね　よくそう
[yu-bu-ne] [yo-ku-sō]
浴池

源泉掛け流し
げんせんか　なが
[gen-sen-ka-ke-na-ga-shi]
天然湧泉

貸切風呂
かしきりぶろ
[ka-shi-ki-ri-bu-ro]
湯屋

足湯
あしゆ
[a-shi-yu]
泡腳池

薬風呂
くすりぶろ
[ku-su-ri-bu-ro]
藥浴池

サウナ
[sa-u-na]
烤箱

ジャグジー・ジェットバス
[jag-gu-jī] [jet-to-ba-su]
按摩池

からだ　　　　　あら　　　　　　にゅうよく
身体をきれいに洗ってからご入浴ください。
請將身體洗淨再下池。

かみ　　　　　　　にゅうよく
髪はまとめてご入浴ください。
請將頭髮束起再入池。

にゅうよくまえ　　　　ゆ　　わす
入浴前にかけ湯を忘れないでください。
下池前請別忘了先舀取池裡的水沖一下身體。

みず　　ゆ　　　たいせつ　　　りょう
水やお湯を大切にご利用ください。
請珍惜水資源。

旅行日本

テーマパーク
[tē-ma-pā-ku]

主題樂園

ゆうえんち
遊園地
[yū-en-chi]
遊樂園

チケット
[chi-ket-to]
門票

ねんかん
年間パス
[nen-kan-pa-su]
全年通行證

えんない
園内マップ
[en-nai-map-pu]
園內地圖

マスコット
[ma-su-kot-to]
吉祥物

ライブショー
[rai-bu-shō]
現場表演

パレード
[pa-rē-do]
遊行表演

アトラクション
[a-to-ra-ku-shon]
遊樂設施

**ジェットコースター・
ローラーコースター**
[jet-to-kō-su-tā] [rō-rā-kō-su-tā]
雲霄飛車

延伸單字
しんちょうせいげん
身長制限[shin-chō-sei-gen]：
身高限制

フリーフォール
[fu-rī-fō-ru]
自由落體

かんらんしゃ
観覧車
[kan-ran-sha]
摩天輪

ば　やしき
お化け屋敷
[o-ba-ke-ya-shi-ki]
鬼屋

きゅうりゅう
急流すべり
[kyū-ryū-su-be-ri]
單軌列車滑水道

げきりゅうくだ
激流下り
[ge-ki-ryū-ku-da-ri]
急流泛舟

回転ブランコ
かいてん
回転ブランコ
[kai-ten-bu-ran-ko]
空中鞦韆

めいろ
迷路
[mei-ro]
迷宮

ウォーターランド
[wō-tā-ran-do]
水上世界

プール
[pū-ru]
游泳池

ウォータースライダー
[wō-tā-su-rai-dā]
水上滑水道

ゆうぐ
エアー遊具・ふわふわ
[e-ā-yū-gu][fu-wa-fu-wa]
充氣遊樂器材

ゴーカート
[gō-kā-to]
賽車

しせつ
サービス施設
[sā-bi-su-shi-se-tsu]
服務設施

コインロッカー
[ko-in-rok-kā]
投幣式置物櫃

まいご
迷子センター
[mai-go-sen-tā]
走失兒童保護所

じゅにゅうしつ
授乳室
[ju-nyū-shi-tsu]
哺乳室

きゅうごしつ
救護室
[kyū-go-shi-tsu]
醫護室

ばいてん
売店
[bai-ten]
商店

おくないゆうえんち
屋内遊園地
[o-ku-nai-yū-en-chi]
室內樂園

ボールプール
[bō-ru-pū-ru]
球池

すべ　だい
滑り台
[su-be-ri-dai]
溜滑梯

アスレチック
[a-su-re-chik-ku]
體能設施

メリーゴーラウンド
[me-rī-gō-ra-un-do]
旋轉木馬

きゅうけいしつ
休憩室・レストルーム
[kyū-kei-shi-tsu] [re-su-to-rū-mu]
休息室

くるまいす　　　　　　　　かしだしじょ
車椅子・ベビーカー貸出所
[ku-ru-ma-i-su/ be-bī-kā-ka-shi-da-shi-jo]
輪椅、娃娃車出借處

旅行日本

どうぶつえん
動物園
[dō-bu-tsu-en]

動物園

ほっきょくぐま　しろくま
北極熊・白熊
[hok-kyo-ku-gu-ma]
[shi-ro-ku-ma]

かわうそ
川獺
[ka-wa-u-so]

水獺

アシカ
アシカ
[a-shi-ka]

海獅

すいぞくかん
水族館
[sui-zo-ku-kan]

ペンギン
ペンギン
[pen-gin]

企鵝

カピバラ
カピバラ
[ka-pi-ba-ra]

水豚

いるか
海豚
[i-ru-ka]

さめ
鮫
[sa-me]

鯊魚

くじら
鯨
[ku-ji-ra]

鯨魚

くらげ
水母
[ku-ra-ge]

マイワシ
マイワシ
[ma-i-wa-shi]

沙丁魚

延伸單字
む
群れ[mu-re]：成群
かいゆう
回遊する[kai-yū-su-ru]：迴游

ねったいぎょ
熱帯魚
[net-tai-gyo]

熱帯魚

延伸單字
きしょうしゅ
稀少種[ki-shō-shu]：
稀有種

うみがめ
海亀
[u-mi-ga-me]

海龜

トンネル
トンネル
[ton-ne-ru]

隧道

さんご
珊瑚
[san-go]

しいくいん
飼育員
[shi-i-ku-in]

飼養員

そうしょく
草食
[sō-sho-ku]
草食性

キリン
[ki-rin]
長頸鹿

かば
河馬
[ka-ba]

シマウマ
[shi-ma-u-ma]
斑馬

ひつじ
羊
[hi-tsu-ji]
綿羊

ぞう
象
[zō]
大象

やぎ
山羊
[ya-gi]

だちょう
駝鳥
[da-chō]

にくしょく
肉食
[ni-ku-sho-ku]
肉食性

ライオン
[rai-on]
獅子

チーター
[chī-dā]
獵豹

とら
虎
[to-ra]
老虎

ふくろう
梟
[fu-ku-rō]
貓頭鷹

こうもり
蝙蝠
[kō-mo-ri]

延伸單字
おそ
襲う[o-so-u]：襲撃
ほしょく
捕食する[ho-sho-ku-su-ru]：捕食
お
追いかける[o-i-ka-ke-ru]：追趕

ざっしょく
雑食
[zas-sho-ku]
雑食性

チンパンジー
[chin-pan-jī]
黑猩猩

パンダ
[pan-da]
熊貓

きつねざる
狐猿
[ki-tsu-ne-za-ru]
狐猴

さる
猿
[sa-ru]
猴子

つる
鶴
[tsu-ru]

はくちょう
白鳥
[ha-ku-chō]
天鵝

くじゃく
孔雀
[ku-ja-ku]

いのしし
猪
[i-no-shi-shi]
山豬

きつね
狐
[ki-tsu-ne]
狐狸

しょうどうぶつ
小動物
[shō-dō-bu-tsu]

たぬき
狸
[ta-nu-ki]
狸貓

えさ
餌
[e-sa]
飼料

うさぎ
兎
[u-sa-gi]
兔子

はりねずみ
針鼠
[ha-ri-ne-zu-mi]
刺蝟

107

天気予報 ①
てんき よ ほう
[ten-ki-yo-hō]

氣象預報 ①

氣象預報中有許多平時不會用到的特殊用語，一開始要完全看懂或聽懂或許不容易，就從認識關鍵字著手吧！

| きおん 気温 [ki-on] 氣溫 | さいこうきおん 最高気温 [sai-kō-ki-on] 最高氣溫 | さいていきおん 最低気温 [sai-tei-ki-on] 最低氣溫 | きおん あ 気温が上がる [ki-on-ga-a-ga-ru] 氣溫升高 | きおん さ 気温が下がる [ki-on-ga-sa-ga-ru] 氣溫下降 |

℃

| あつ 暑さ [a-tsu-sa] 熱 | さむ 寒さ [sa-mu-sa] 冷 | ひ こ 冷え込み [hi-e-ko-mi] 氣溫驟降 | ひょうてんか 氷点下 [hyō-ten-ka] 零度以下 |

| きおんさ 気温差 [ki-on-sa] 溫差 | にっしょうじかん 日照時間 [nis-shō-ji-kan] | しがいせん 紫外線 [shi-gai-sen] | ひ や 日焼け [hi-ya-ke] 曬傷 |

| ぜんせん 前線 [zen-sen] 鋒面 | ていきあつ 低気圧 [tei-ki-a-tsu] 低氣壓 | こうきあつ 高気圧 [kō-ki-a-tsu] 高氣壓 |

| かんきだん 寒気団 [kan-ki-dan] 冷氣團 | だんきだん 暖気団 [dan-ki-dan] 暖氣團 | しつど 湿度 [shi-tsu-do] 濕度 |

| かぜ 風 [ka-ze] | ふうそく 風速 [fū-so-ku] | たいふう 台風 [tai-fū] 颱風 |

| かいじょう 海上 [kai-jō] | りくじょう 陸上 [ri-ku-jō] | けいほう 警報 [kei-hō] |

じかんたい
時間帯 [ji-kan-tai]：時間、時段

しゅうかん
週間 [shū-kan]：一週

あす [a-su]：明天

いっぱい
あす一杯 [a-su-ip-pai]：明天一整天

00:00 03:00	みめい 未明 [mi-mei]	凌晨
03:00 06:00	あ がた 明け方 [a-ke-ga-ta]	清晨
06:00 09:00	あさ 朝 [a-sa]	早上
09:00 12:00	ひるまえ 昼 前 [hi-ru-ma-e]	中午前
12:00 15:00	ひるす 昼 過ぎ [hi-ru-su-gi]	中午後
15:00 18:00	ゆうがた 夕方 [yū-ga-ta]	傍晚
18:00 21:00	よる ごろ 夜のはじめ頃 [yo-ru-no-ha-ji-me-go-ro]	晚間
21:00 24:00	よるおそ 夜遅く [yo-ru-o-so-ku]	深夜

Part 7

生活日本

にほん　せいかつ

日本で生活する！

生活起居／家族成員／個性心情／量詞／
日期時間／生病就醫

「要是假期夠充裕，好想到日本長住一陣子啊～」這大
概是喜歡日本的人共同的心聲吧！生活中用到的詞彙有
許多是旅遊時接觸不到的，學會以後日語更晉級！

生活日本

く
暮らし ①
[ku-ra-shi]

生活 ①

じゅうたくがい
住宅街
[jū-ta-ku-gai]
住宅區

いっけんや　いっこだて
一軒家・一戸建て
[ik-ken-ya] [ik-ko-da-te]
獨門獨院的透天厝

延伸單字
にかいだて
二階建て[ni-kai-da-te]：兩層樓

アパート
[a-pā-to]
公寓

大多為二～三層的木造建築。

延伸單字
もくぞう
木造[mo-ku-zō]
てっこつぞう
鉄骨造[tek-ko-tsu-zō]：
鋼骨結構

コンクリート造
ぞう
[kon-ku-rī-to-zō]：
混凝土結構

ひらや
平屋
[hi-ra-ya]
平房

ドア
[do-a]
門

まど
窓
[ma-do]
窗戶

ひょうさつ
表札
[hyō-sa-tsu]
門牌

へい
塀
[hei]
圍牆

フェンス
[fen-su]
柵欄

にわ
庭
[ni-wa]
庭院

しばふ
芝生
[shi-ba-fu]
草坪

しゃこ
車庫・ガレージ
[sha-ko] [ga-rē-ji]
車庫

いぬ
犬
[i-nu]
狗

延伸單字
しばいぬ
柴犬[shi-ba-i-nu]
あきたいぬ
秋田犬[a-ki-ta-i-nu]

いぬごや
犬小屋・ケージ
[i-nu-go-ya] [kē-ji]
狗屋、籠子

えさざら
餌皿
[e-sa-za-ra]
飼料盤

すばこ　とり
巣箱・鳥かご
[su-ba-ko] [to-ri-ka-go]
巢箱、鳥籠

テラス・ウッドデッキ
[te-ra-su] [wud-do-dek-ki]
露台、木板露台

しんちく
新築
[shin-chi-ku]
新房子

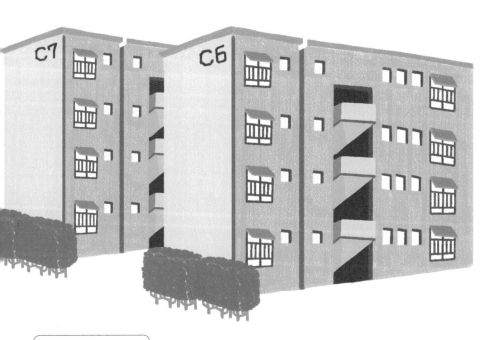

だんち
団地・マンション
[dan-chi] [man-shon]
集合住宅、大廈

かいだん
階段
[kai-dan]
樓梯

ぼうはん
防犯カメラ
[bō-han-ka-me-ra]
防盜攝影機

エレベーター
[e-re-bē-tā]
電梯

かんりにんしつ
管理人室
[kan-ri-nin-shi-tsu]
管理室

ろうか
廊下
[rō-ka]
走道

しゅうごう
集合ポスト
[shū-gō-po-su-to]
住戶信箱

バリアフリー
[ba-ri-a-fu-rī]
無障礙空間

ロビー
[ro-bī]
大廳

エントランス
[en-to-ran-su]
入口

生活日本

く
暮らし ②
[ku-ra-shi]

生活②

リビング
[ri-bin-gu]
客廳

げんかん
玄関
[gen-kan]
玄關

しょうめい
照明
[shō-mei]

ベランダ
[be-ran-da]
陽台

ガラス戸
[ga-ra-su-do]
落地窗

カーテン
[kā-ten]
窗簾

ソファ
[so-fa]
沙發

ラグ
[ra-gu]
地毯

ど
ガラス戸
[ga-ra-su-do]
落地窗

ふ　ぬ
吹き抜け
[fu-ki-nu-ke]
挑高

ローテーブル
[rō-tē-bu-ru]
茶几

エアコン
[e-a-kon]
冷氣

延伸單字
しょう
省エネ[shō-e-ne]：
節能省電

わしつ
和室
[wa-shi-tsu]

しゅうのうだな
収納棚
[shū-nō-da-na]
收納櫃

キッチン
[kic-chin]
廚房

すいはんき
炊飯器
[sui-han-ki]
電子鍋

でんき
電気ケトル
[den-ki-ke-to-ru]
熱水瓶

ガスコンロ
[ga-su-kon-ro]
瓦斯爐

アイエッチ
IHコンロ
[ai-ec-chi-kon-ro]
電磁爐

れいぞうこ
冷蔵庫
[rei-zō-ko]
冰箱

ミキサー
[mi-ki-sā]
果汁機

オーブン
[ō-bun]
烤箱

でんし
電子レンジ
[den-shi-ren-ji]
微波爐

スチームオーブン
レンジ
[su-chī-mu-ō-bun-ren-ji]
水波爐

オーブントースター
[ō-bun-tō-su-tā]
小烤箱

ビルドイン～
[bi-ru-to-in]
嵌入式～

とびら
扉
[to-bi-ra]
門

おしい
押入れ
[o-shi-i-re]
壁櫃

とこ　ま
床の間
[to-ko-no-ma]

床之間。和室特有內凹的
裝飾及展示空間（常以掛
軸、插花等裝飾）。

まくら
枕
[ma-ku-ra]
枕頭

ふとん　し
布団を敷く
[fu-ton-wo-shi-ku]
鋪床

へや
部屋
[he-ya]
房間

しんしつ
寝室
[shin-shi-tsu]
臥房

ねこ
猫
[ne-ko]
猫

延伸單字
ねこ
猫じゃらし[ne-ko-ja-ra-shi]：逗貓棒
みけねこ
三毛猫[mi-ke-ne-ko]
ねこ
はちわれ猫[ha-chi-wa-re-ne-ko]：乳牛貓

こどもべや
子供部屋
[ko-do-mo-be-ya]
小孩房

クローゼット
[ku-rō-zet-to]
衣櫥

か　どけい
掛け時計
[ka-ke-do-kei]
掛鐘

ベッド
[bed-do]
床

ロフトベッド
[ro-fu-to-bed-do]
高腳床

お　どけい
置き時計
[o-ki-do-kei]
鬧鐘

延伸單字
はしご[ha-shi-go]：梯子

ライト
[rai-to]
燈

でんき　け
電気を消す
[den-ki-wo-ke-su]
關燈

延伸單字
フロア〜[fu-ro-a]：立燈
デスク〜[de-su-ku]：桌燈

ランドセル
[ran-do-se-ru]
小學生書包

かたづ
おもちゃを片付ける
[o-mo-cha-wo-ka-ta-zu-ke-ru]
收拾玩具

バスルーム
[ba-su-rū-mu]
浴室

ふろ
風呂・バス
[fu-ro] [ba-su]
浴缸

トイレ
[to-i-re]
廁所

せんめんじょ
洗面所
[sen-men-jo]
盥洗室

べんざ
便座
[ben-za]
馬桶

せんめんだい
洗面台
[sen-men-dai]
洗手台

せっけん
石鹸
[sek-ken]
香皂

は
歯ブラシ
[ha-bu-ra-shi]
牙刷

延伸單字
じゃぐち
蛇口[ja-gu-chi]：水龍頭
かがみ
鏡[ka-ga-mi]：鏡子

マット
[mat-to]
地墊

タオル
[ta-o-ru]
毛巾

はみが
歯磨き
[ha-mi-ga-ki]
牙膏

シャワー
[sha-wā]
蓮蓬頭

せんたっき
洗濯機
[sen-tak-ki]
洗衣機

113

生活日本
かぞく
家族
[ka-zo-ku]
家族

おっと
夫
[ot-to]
老公

謙譲語
おっと　しゅじん
夫／主人
[ot-to][shu-jin]

敬語
しゅじん　だんなさま
ご主人／旦那様
[go-shu-jin][dan-na-sa-ma]

つま
妻
[tsu-ma]
老婆

謙譲語
つま　かない　にょうぼう
妻／家内／女房
[tsu-ma][ka-nai][nyō-bo]

敬語
おくさま
奥様[o-ku-sa-ma]

おとうと
弟
[o-tō-to]
弟弟

謙譲語
おとうと
弟[o-tō-to]

敬語
おとうと
弟さん[o-tō-to-san]

とう　　　　　　　おやじ
お父さん・パパ・親父
[o-tō-san] [pa-pa] [o-ya-ji]
爸爸

謙譲語	敬語
ちち	とうさま
父[chi-chi]	お父様[o-tō-sa-ma]

にい　　　　　にい　　　　あにき
お兄ちゃん・兄さん・兄貴
[o-nī-chan] [nī-san] [a-ni-ki]
哥哥

謙譲語	敬語
あに	にいさま
兄[a-ni]	お兄様[o-nī-sa-ma]

むすめ
娘
[mu-su-me]
女兒

謙譲語
むすめ
娘[mu-su-me]

敬語
じょう
お嬢さん[o-jō-san]

かあ　　　　　　　　　　　
お母さん・ママ・おふくろ
[o-kā-san] [ma-ma] [o-fu-ku-ro]
媽媽

謙譲語	敬語
はは	かあさま
母[ha-ha]	お母様[o-kā-sa-ma]

ねえ　　　　　ねえ　　　　あねき
お姉ちゃん・姉さん・姉貴
[o-nē-chan] [nē-san] [a-ne-ki]
姊姊

謙譲語	敬語
あね	ねえさま
姉[a-ne]	お姉様[o-nē-sa-ma]

むすこ
息子
[mu-su-ko]
兒子

謙譲語
むすこ
息子[mu-su-ko]

敬語
むすこ
息子さん[mu-su-ko-san]

りょうしん
両親
[ryō-shin]
父母親

謙譲語	敬語
りょうしん	りょうしん
両親[ryō-shin]	ご両親[go-ryō-shin]

いもうと
妹
[i-mō-to]
妹妹

謙譲語	敬語
いもうと	いもうと
妹[i-mō-to]	妹さん[i-mō-to-san]

おじいさん・おじいちゃん・じいじ

[o-jī-san] [o-jī-chan] [jī-ji]

外公、爺爺

謙讓語

<ruby>祖父<rt>そふ</rt></ruby>[so-fu]

敬語

おじい<ruby>様<rt>さま</rt></ruby>[o-jī-sa-ma]

おばあさん・おばあちゃん・ばあば

[o-bā-san] [o-bā-chan] [bā-ba]

外婆、奶奶

謙讓語

<ruby>祖母<rt>そぼ</rt></ruby>[so-bo]

敬語

おばあ<ruby>様<rt>さま</rt></ruby>[o-bā-sa-ma]

<ruby>甥<rt>おい</rt></ruby>っ<ruby>子<rt>こ</rt></ruby>

[o-ik-ko]

姪子

<ruby>姪<rt>めい</rt></ruby>っ<ruby>子<rt>こ</rt></ruby>

[meik-ko]

姪女

<ruby>子供<rt>こども</rt></ruby>

[ko-do-mo]

孩子

謙讓語

うちの<ruby>子<rt>こ</rt></ruby>[u-chi-no-ko]

敬語

お<ruby>子<rt>こ</rt></ruby>さん[o-ko-san]

<ruby>孫<rt>まご</rt></ruby>

[ma-go]

孫子

謙讓語

<ruby>孫<rt>まご</rt></ruby>[ma-go]

敬語

お<ruby>孫<rt>まご</rt></ruby>さん[o-ma-go-san]

おじさん

[o-ji-san]

伯伯、叔叔／**舅舅**

泛指父母親的兄弟，漢字標記為「伯父」時代表為父母親的哥哥，標記為「叔父」代表為父母親的弟弟。

おばさん

[o-ba-san]

姑姑／阿姨

泛指父母親的姊妹，漢字標記為「伯母」時代表為父母親的姊姊、標記為「叔母」代表為父母親的妹妹。

いとこ

[i-to-ko]

表／堂兄弟姐妹

在日文中無論表、堂兄弟姊妹都是用這個單字通稱，只有在書寫時能從漢字標記得知性別與長幼關係。

*謙讓語＝向別人提及自己人時／敬語＝敬稱他人的家族時。

生活日本
すうじ　たんい
数字・単位
[sū-ji] [tan-i]　**數字、計量單位**

	1	2	3	4	5	6	7
音讀 （漢語系統）	いち 1 [i-chi]	に 2 [ni]	さん 3 [san]	し 4 [shi]	ご 5 [go]	ろく 6 [ro-ku]	しち 7 [shi-chi]
訓讀 （和語系統）	ひと 1つ [hi-to-tsu]	ふた 2つ [fu-ta-tsu]	みっ 3つ [mit-tsu]	よっ 4つ [yot-tsu]	いつ 5つ [i-tsu-tsu]	むっ 6つ [mut-tsu]	なな 7つ [na-na-tsu]

	8	9	10	百	千	萬	億
音讀 （漢語系統）	はち 8 [ha-chi]	きゅう 9 [kyū]	じゅう 10 [jū]	ひゃく 百 [hya-ku]	せん 千 [sen]	まん 萬 [man]	おく 億 [o-ku]
訓讀 （和語系統）	やっ 8つ [yat-tsu]	ここの 9つ [ko-ko-no-tsu]	とお 10 [tō]				

「百」前面沒有「1」的發音。例如：1百日圓即為「百円」（ひゃくえん）。
「千」前面沒有「1」的發音。例如：1千日圓即為「千円」（せんえん）。
不同於「百」和「千」，「1萬」（いちまん）不會省略「1」。
不同於「百」和「千」，「1億」（いちおく）不會省略「1」。

てん　しょうひん　えん
7点の商品で1800円
になります。
7件商品一共是1800圓。

おいくらですか？
多少錢呢？

＊訓讀（和語系統）以「つ」
（個）為例進行說明。

116

もの かぞ かた
物の数え方
[mo-no-no-ka-zo-e-ka-ta] 事物的量詞

Ⅰ 音讀

なんこ
何個・いくつ
[nan-ko] [i-ku-tsu]
幾個

「個」的用法幾乎跟中文一樣，是十分常用的計量單位。

いっこ	さんこ	ごこ	ななこ	きゅうこ
1個	**3個**	**5個**	**7個**	**9個**
[ik-ko]	[san-ko]	[go-ko]	[na-na-ko]	[kyū-ko]

にこ	よんこ	ろっこ	はっこ・はちこ	じっこ・じゅっこ
2個	**4個**	**6個**	**8個**	**10個**
[ni-ko]	[yon-ko]	[rok-ko]	[hak-ko] [ha-chi-ko]	[jik-ko] [juk-ko]

なんてん
何点
[nan-ten]
幾件、幾分

「点」為考試分數、店員計算商品時等的計量單位。

いってん	さんてん	ごてん	ななてん	きゅうてん
1点	**3点**	**5点**	**7点**	**9点**
[it-ten]	[san-ten]	[go-ten]	[na-na-ten]	[kyū-ten]

にてん	よんてん	ろくてん	はちてん	じってん・じゅってん
2点	**4点**	**6点**	**8点**	**10点**
[ni-ten]	[yon-ten]	[ro-ku-ten]	[ha-chi-ten]	[jit-ten] [jut-ten]

なんまい
何枚
[nan-mai]
幾張

「枚」可用於薄薄一片的物品上，如照片、信用卡、襯衫等。

いちまい	さんまい	ごまい	ななまい	きゅうまい
1枚	**3枚**	**5枚**	**7枚**	**9枚**
[i-chi-mai]	[san-mai]	[go-mai]	[na-na-mai]	[kyū-mai]

にまい	よんまい	ろくまい	はちまい	じゅうまい
2枚	**4枚**	**6枚**	**8枚**	**10枚**
[ni-mai]	[yon-mai]	[ro-ku-mai]	[ha-chi-mai]	[jū-mai]

なんだい
何台
[nan-dai]
幾台、幾架

「台」的用法也與中文差不多，可用於鋼琴、電腦、沙發等物品。

いちだい	さんだい	ごだい	ななだい	きゅうだい
1台	**3台**	**5台**	**7台**	**9台**
[i-chi-dai]	[san-dai]	[go-dai]	[na-na-dai]	[kyū-dai]

にだい	よんだい	ろくだい	はちだい	じゅうだい
2台	**4台**	**6台**	**8台**	**10台**
[ni-dai]	[yon-dai]	[ro-ku-dai]	[ha-chi-dai]	[jū-dai]

なんぼん
何本
[nan-bon]
幾支、幾瓶

「本」用來形容細長型的物品，小至鉛筆、瓶裝飲料，大至橋墩。若想說「1本書」，則要用「1冊の本」。此外，「1部電影」也會說成「映画1本」。

いっぽん **1本** [ip-pon]	さんぼん **3本** [san-bon]	ごほん **5本** [go-hon]	なな ほん **7本** [na-na-hon]	きゅう ほん **9本** [kyū-hon]
に ほん **2本** [ni-hon]	よん ほん **4本** [yon-hon]	ろっぽん **6本** [rop-pon]	はっぽん・はちほん **8本** [hap-pon] [ha-chi-hon]	じっぽん・じゅっぽん **10本** [jip-pon] [jup-pon]

なんぞく
何足
[nan-zo-ku]
幾雙

「足」相當於中文的「雙」，用於鞋子、襪子。

いっ そく **1足** [is-so-ku]	さん ぞく **3足** [san-zo-ku]	ご そく **5足** [go-so-ku]	なな そく **7足** [na-na-so-ku]	きゅう そく **9足** [kyū-so-ku]
に そく **2足** [ni-so-ku]	よん そく **4足** [yon-so-ku]	ろく そく **6足** [ro-ku-so-ku]	はっ そく **8足** [has-so-ku]	じっそく・じゅっそく **10足** [jis-so-ku] [jus-so-ku]

なんがい
何階
[nan-gai]
幾樓

「階」即中文的「樓」或「層」，如「3階建ての家」即「3層樓的房子」。

いっ かい **1階** [ik-kai]	さん がい **3階** [san-gai]	ご かい **5階** [go-kai]	なな かい **7階** [na-na-kai]	きゅう かい **9階** [kyū-kai]
に かい **2階** [ni-kai]	よん かい **4階** [yon-kai]	ろっ かい **6階** [rok-kai]	はっ かい **8階** [hak-kai]	じっかい・じゅっかい **10階** [jik-kai] [juk-kai]

なんかい
何回
[nan-kai]
幾次

「回」表示次數，此外「～回目」（～かいめ）則表示「第～次」。

いっ かい **1回** [ik-kai]	さん かい **3回** [san-kai]	ご かい **5回** [go-kai]	なな かい **7回** [na-na-kai]	きゅう かい **9回** [kyū-kai]
に かい **2回** [ni-kai]	よん かい **4回** [yon-kai]	ろっ かい **6回** [rok-kai]	はっ かい **8回** [hak-kai]	じっかい・じゅっかい **10回** [jik-kai] [juk-kai]

⑪ 訓讀&外來語

訓讀或外來語的量詞原則上前面的數字應該也要以和語系統為主，不過現在除了一（ひと～）和二（ふた～）之外，後面的數字多已混用或有慣用的念法，並無按照規則走。

	ひとつぶ 1粒 [hi-to-tsu-bu]	みつぶ・さんつぶ 3粒 [mi-tsu-bu] [san-tsu-bu]	ごつぶ 5粒 [go-tsu-bu]	ななつぶ 7粒 [na-na-tsu-bu]	きゅうつぶ 9粒 [kyū-tsu-bu]
なん つぶ **何粒** [nan-tsu-bu] 幾顆	ふたつぶ 2粒 [fu-ta-tsu-bu]	よつぶ・よんつぶ 4粒 [yo-tsu-bu][yon-tsu-bu]	ろくつぶ 6粒 [ro-ku-tsu-bu]	はっつぶ 8粒 [hat-tsu-bu]	じっつぶ・じゅっつぶ 10粒 [jit-tsu-bu] [jut-tsu-bu]

	ひと 1パック [hi-to-pak-ku]	さん 3パック [san-pak-ku]	ご 5パック [go-pak-ku]	なな 7パック [na-na-pak-ku]	きゅう 9パック [kyū-pak-ku]
なん **何パック** [nan-pak-ku] 幾盒	ふた 2パック [fu-ta-pak-ku]	よん 4パック [yon-pak-ku]	ろっ 6パック [rop-pak-ku]	はっ 8パック [hap-pak-ku]	じっぱっく・じゅっぱっく 10パック [jip-pak-ku] [jup-pak-ku]

生物の数え方
[i-ki-mo-no-no-ka-zo-e-ka-ta] 生物的量詞

	ひとり 1人 [hi-to-ri]	さんにん 3人 [san-nin]	ごにん 5人 [go-nin]	ななにん・しちにん 7人 [na-na-nin] [shi-chi-nin]	きゅうにん 9人 [kyū-nin]
なんにん **何人** [nan-nin] 幾人	ふたり 2人 [fu-ta-ri]	よにん 4人 [yo-nin]	ろくにん 6人 [ro-ku-nin]	はちにん 8人 [ha-chi-nin]	じゅうにん 10人 [jū-nin]

	いっぴき 1匹 [ip-pi-ki]	さんびき 3匹 [san-bi-ki]	ごひき 5匹 [go-hi-ki]	ななひき 7匹 [na-na-hi-ki]	きゅうひき 9匹 [kyū-hi-ki]
なんびき **何匹** [nan-bi-ki] 幾隻、幾匹	にひき 2匹 [ni-hi-ki]	よんひき 4匹 [yon-hi-ki]	ろっぴき 6匹 [rop-pi-ki]	はっぴき 8匹 [hap-pi-ki]	じっぴき・じゅっぴき 10匹 [jip-pi-ki] [jup-pi-ki]

生活日本

きょう　なんにち
今日は何日？
[kyō-wa-nan-ni-chi]

今天幾號？

こよみ
暦
[ko-yo-mi]
曆法

ようれき
陽暦
[yō-re-ki]
陽曆

きゅうれき
旧暦
[kyū-re-ki]
陰曆

延伸單字
われき
和暦 [wa-re-ki]

日本年號紀年。「平成」(へいせい)
即為1989年至今的年號。

きょねん
去年
[kyo-nen]

ことし
今年
[ko-to-shi]

らいねん
来年
[rai-nen]
明年

うるうどし・
じゅんねん
閏年
[u-rū-do-shi]
[jun-nen]

せんげつ
先月
[sen-ge-tsu]
上個月

こんげつ
今月
[kon-ge-tsu]
這個月

らいげつ
来月
[rai-ge-tsu]
下個月

ろくよう
六曜 [ro-ku-yō]
源自中國的曆法，就像台灣看農
民曆一樣，日本至今仍以此為選
日子的基準，在日本的手帳或日
曆上都很常見。

せんしょう・さきかち
先勝 [sen-shō] [sa-ki-ka-chi]
凡事宜速戰速決。

ともびき・ゆういん
友引 [to-mo-bi-ki] [yū-in]
忌辦喪事，以免為友人招致厄運。

せんぶ・さきまけ
先負 [sen-pu] [sa-ki-ma-ke]
切忌衝動行事，凡事宜低調。

ぶつめつ
仏滅 [bu-tsu-me-tsu]
諸事不宜。為六曜之中最凶之日。

たいあん・だいあん
大安 [tai-an][dai-an]
大吉之日，萬事皆宜。

しゃっこう・せきぐち
赤口 [shak-kō] [se-ki-gu-chi]
正午之外萬事不宜。應特別小心
刀傷、火災。

一月
いちがつ
一月
[i-chi-ga-tsu]

むつき
睦月
[mu-tsu-ki]

二月
にがつ
二月
[ni-ga-tsu]

きさらぎ
如月
[ki-sa-ra-gi]

三月
さんがつ
三月
[san-ga-tsu]

やよい
彌生
[ya-yo-i]

四月
しがつ
四月
[shi-ga-tsu]

うづき
卯月
[u-zu-ki]

五月
ごがつ
五月
[go-ga-tsu]

さつき
皐月
[sa-tsu-ki]

六月
ろくがつ
六月
[ro-ku-ga-tsu]

みなづき
水無月
[mi-na-zu-ki]

七月
しちがつ
七月
[shi-chi-ga-tsu]

ふみづき
文月
[fu-mi-zu-ki]

八月
はちがつ
八月
[ha-chi-ga-tsu]

はづき
葉月
[ha-zu-ki]

九月
くがつ
九月
[ku-ga-tsu]

ながつき
長月
[na-ga-tsu-ki]

十月
じゅうがつ
十月
[jū-ga-tsu]

かんなづき
神無月
[kan-na-zu-ki]

十一月
じゅういちがつ
十一月
[jū-i-chi-ga-tsu]

しもつき
霜月
[shi-mo-tsu-ki]

十二月
じゅうにがつ
十二月
[jū-ni-ga-tsu]

しわす
師走
[shi-wa-su]

ついたち
1 日
[tsu-i-ta-chi]

ふつか
2 日
[fu-tsu-ka]

みっか
3 日
[mik-ka]

よっか
4 日
[yok-ka]

いつか
5 日
[i-tsu-ka]

むいか
6 日
[mu-i-ka]

なのか
7 日
[na-no-ka]

ようか
8 日
[yō-ka]

ここのか
9 日
[ko-ko-no-ka]

とおか
10 日
[tō-ka]

じゅういち にち
11 日
[jū-i-chi-ni-chi]

じゅうに にち
12 日
[jū-ni-ni-chi]

じゅうさん にち
13 日
[jū-san-ni-chi]

じゅうよっか
14 日
[jū-yok-ka]

じゅうご にち
15 日
[jū-go-ni-chi]

じゅうろく にち
16 日
[jū-ro-ku-ni-chi]

じゅうしち にち
17 日
[jū-shi-chi-ni-chi]

じゅうはち にち
18 日
[jū-ha-chi-ni-chi]

じゅうく にち
19 日
[jū-ku-ni-chi]

はつか
20 日
[ha-tsu-ka]

にじゅういち にち
21 日
[ni-jū-i-chi-ni-chi]

にじゅうに にち
22 日
[ni-jū-ni-ni-chi]

にじゅうさん にち
23 日
[ni-jū-san-ni-chi]

にじゅうよっか
24 日
[ni-jū-yok-ka]

にじゅうご にち
25 日
[ni-jū-go-ni-chi]

にじゅうろく にち
26 日
[ni-jū-ro-ku-ni-chi]

にじゅうしち にち
27 日
[ni-jū-shi-chi-ni-chi]

にじゅうはちにち
28 日
[ni-jū-ha-chi-ni-chi]

にじゅうく にち
29 日
[ni-jū-ku-ni-chi]

さんじゅう にち
30 日
[san-jū-ni-chi]

さんじゅういち にち
31 日
[san-jū-i-chi-ni-chi]

カレンダー
[ka-ren-dā]
日曆

げつようび
月曜日
[ge-tsu-yō-bi]
星期一

かようび
火曜日
[ka-yō-bi]
星期二

すいようび
水曜日
[sui-yō-bi]
星期三

もくようび
木曜日
[mo-ku-yō-bi]
星期四

きんようび
金曜日
[kin-yō-bi]
星期五

どようび
土曜日
[do-yō-bi]
星期六

にちようび
日曜日
[ni-chi-yō-bi]
星期天

せんしゅう
先週
[sen-shū]
上個星期

こんしゅう
今週
[kon-shū]
這個星期

らいしゅう
来週
[rai-shū]
下個星期

いっしゅうかん
一週間
[is-shū-kan]
一星期

へいじつ
平日
[hei-ji-tsu]

おととい・
いっさくじつ
一昨日
[o-to-to-i]
[is-sa-ku-ji-tsu]
前天

きのう・
さくじつ
昨日
[ki-nō]
[sa-ku-ji-tsu]
昨天

きょう
今日
[kyō]
今天

あした・あす
明日
[a-shi-ta] [a-su]
明天

あさって
明後日
[a-sat-te]
後天

きゅうじつ
休日
[kyū-ji-tsu]
假日

しゅくじつ
祝日
[shu-ku-ji-tsu]
國定假日

しゅうまつ
週末
[shū-ma-tsu]

ていきゅうび
定休日
[tei-kyū-bi]

ゆうきゅうきゅうか
有給休暇
[yū-kyū-kyū-ka]
特休

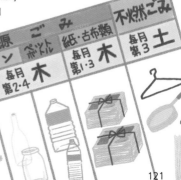

121

生活日本
じかん
時間
[ji-kan]

時間

なんじ
何時
[nan-ji]
幾點

じゅうろくじ
16 時
[jū-ro-ku-ji]

じゅうしちじ
17 時
[jū-shi-chi-ji]

じゅうはちじ
18 時
[jū-ha-chi-ji]

じゅうくじ
19 時
[jū-ku-ji]

れいじ
0 時
[rei-ji]

よじ
4 時
[yo-ji]

はちじ
8 時
[ha-chi-ji]

じゅうにじ
12 時
[jū-ni-ji]

にじゅうじ
20 時
[ni-jū-ji]

いちじ
1 時
[i-chi-ji]

ごじ
5 時
[go-ji]

くじ
9 時
[ku-ji]

じゅうさんじ
13 時
[jū-san-ji]

にじゅういちじ
21 時
[ni-jū-i-chi-ji]

にじ
2 時
[ni-ji]

ろくじ
6 時
[ro-ku-ji]

じゅうじ
10 時
[jū-ji]

じゅうよじ
14 時
[jū-yo-ji]

にじゅうにじ
22 時
[ni-jū-ni-ji]

さんじ
3 時
[san-ji]

しちじ
7 時
[shi-chi-ji]

じゅういちじ
11 時
[jū-i-chi-ji]

じゅうごじ
15 時
[jū-go-ji]

にじゅうさんじ
23 時
[ni-jū-san-ji]

なんぷん
何分
[nan-pun]
幾分

にふん
2 分
[ni-fun]

よんぷん
4 分
[yon-pun]

ろっぷん
6 分
[rop-pun]

はっぷん
8 分
[hap-pun]

いっぷん
1 分
[ip-pun]

さんぷん
3 分
[san-pun]

ごふん
5 分
[go-fun]

ななふん
7 分
[na-na-fun]

きゅうふん
9 分
[kyū-fun]

じっぷん・じゅっぷん
10分
[jip-pun][jup-pun]

にじっぷん・にじゅっぷん
20分
[ni-jip-pun][ni-jup-pun]

はん　さんじっぷん・さんじゅっぷん
半／30分
[han] [san-jip-pun] [san-jup-pun]

じ
ちょうど9時です。

剛好9點。

いまなんじ
今何時ですか？

現在幾點？

なんびょう
何秒
[nan-byō]
幾秒

いち びょう **1 秒** [i-chi-byō]	よん びょう **4 秒** [yon-byō]	なな びょう **7 秒** [na-na-byō]	にじゅう びょう **20 秒** [ni-jū-byō]
にびょう **2 秒** [ni-byō]	ごびょう **5 秒** [go-byō]	はち びょう **8 秒** [ha-chi-byō]	さんじゅう びょう **30 秒** [san-jū-byō]
さんびょう **3 秒** [san-byō]	ろく びょう **6 秒** [ro-ku-byō]	きゅう びょう **9 秒** [kyū-byō]	よんじゅう びょう **40 秒** [yon-jū-byō]
		じゅう びょう **10 秒** [jū-byō]	ごじゅう びょう **50 秒** [go-jū-byō]

あしたなんじ　あ
明日何時に会う？

明天幾點見面？

じゅうじはん
10時半ごろはどう？

10點半左右如何？

生活日本
にちじょうせいかつ
日常生活
[ni-chi-jō-sei-ka-tsu]

日常生活

あさ　ごぜんちゅう
朝・午前中
[a-sa] [go-zen-chū]
早上、上午

おはよう。
早安

6:00
めざ
目覚める
[me-za-me-ru]
清醒

きが
着替える
[ki-ga-e-ru]
換衣服

はみが
歯磨きする
[ha-mi-ga-ki-su-ru]
刷牙

せんたく
洗濯する
[sen-ta-ku-su-ru]
洗衣服

8:45
しゅっきん しゅっしゃ
出勤・出社
[shuk-kin][shus-sha]
上班

つうきん
通勤
[tsū-kin]
通勤

9:36
ちこく
遅刻
[chi-ko-ku]
遲到

ルーチンワーク
[rū-chin-wā-ku]
例行公事

メールをチェックする
[mē-ru-wo-chek-ku-su-ru]
檢查郵件

7:00
べんとうづく
お弁当作り
[o-ben-tō-zu-ku-ri]
做便當

はな　みず
花に水をやる
[ha-na-ni-mi-zu-wo-ya-ru]
澆花

しんぶん　よ
新聞を読む
[shin-bun-wo-yo-mu]
看報紙

あさ　ちょうしょく
朝ごはん・朝食
[a-sa-go-han][chō-sho-ku]
早餐

け しょう
メイク・化粧する
[mei-ku] [ke-shō-su-ru]
化妝

ひる
お昼
[o-hi-ru]
中午

12:30
ひるやす
昼休み
[hi-ru-ya-su-mi]
午休

ひる
**昼ごはん・
ランチ**
[hi-ru-go-han]
[ran-chi]
午餐

ねむけ
眠気
[ne-mu-ke]
打瞌睡

リフレッシュ
[ri-fu-res-shu]
轉換心情

ひるね
昼寝
[hi-ru-ne]
午覺

しごと　もど
仕事に戻る
[shi-go-to-ni-mo-do-ru]
回到工作崗位

ゆっくり
[yuk-ku-ri]
慢慢來

ばたばた
[ba-ta-ba-ta]
匆忙

ぎりぎり
[gi-ri-gi-ri]
差點來不及

のんびり
[non-bi-ri]
悠閒

午後
ごご
[go-go]
下午

14:00
そとまわ
外回り
[so-to-ma-wa-ri]
跑業務

かいぎ
会議・ミーティング
[kai-gi] [mī-tin-gu]
開會

延伸單字
プレゼン[pu-re-zen]：簡報

コーヒーブレイク
[kō-hī-bu-rei-ku]
午茶時間

よる
夜
[yo-ru]
晚上

19:00
ざんぎょう
残業
[zan-gyō]
加班

20:10
しごとがえ
仕事帰り
[shi-go-to-ga-e-ri]
下班回家

せいりせいとん
デスクを整理整頓する
[de-su-ku-wo-sei-ri-sei-ton-su-ru]
整理辦公桌

かんぱい
乾杯

よ　みち
寄り道
[yo-ri-mi-chi]
閒逛

形容下班後不直接回家，
到其他地方遊逛。

延伸單字
か　もの
買い物する[ka-i-mo-no-su-ru]：買東西
い
ジムに行く[ji-mu-ni-i-ku]：上健身房
じょしかい
女子会[jo-shi-kai]：女生朋友聚會
ごう
合コン[gō-kon]：聯誼
い
カラオケに行く[ka-ra-o-ke-ni-i-ku]：去唱歌
の　い
飲みに行く[no-mi-ni-i-ku]：去喝酒

ばん　　　　ゆうしょく
晩ごはん・夕食
[ban-go-han] [yū-sho-ku]
晚餐

さんぽ
お散歩する
[o-san-po-su-ru]
散步

み
テレビを見る
[te-re-bi-wo-mi-ru]
看電視

あ
シャワーを浴びる
[sha-wā-wo-a-bi-ru]
沖澡

しんや
深夜
[shin-ya]
凌晨

どくしょ　　　ほん　よ
読書する・本を読む
[do-ku-sho-su-ru][hon-wo-yo-mu]
看書

00:00
ね　　よこ
寝る・横になる
[ne-ru] [yo-ko-ni-na-ru]
睡覺、躺下

やす
お休みなさい。
晚安。

125

生活日本

せいかく　きも
性格・気持ち
[sei-ka-ku][ki-mo-chi]

個性、心情

あか
明るい
[a-ka-ru-i]
開朗

くら
暗い
[ku-ra-i]
陰沉

やさ
優しい
[ya-sa-shī]
溫柔、體貼

こども
子供っぽい
[ko-do-mop-po-i]
孩子氣

げんき
元気
[gen-ki]
精神奕奕

おくびょう
臆病
[o-ku-byō]
膽小

きっぱり
[kip-pa-ri]
果斷

ゆうじゅうふだん
優柔不断
[yū-jū-fu-dan]
優柔寡斷

き　つよ
気が強い
[ki-ga-tsu-yo-i]
強勢

き　よわ
気が弱い
[ki-ga-yo-wa-i]
怯懦

おとな
大人しい
[o-to-na-shī]
沉穩

ずる
狡い
[zu-ru-i]
狡詐

すなお
素直
[su-na-o]
直率

おとこ
男らしい
[o-to-ko-ra-shī]
有男子氣慨

おとこ
男っぽい
[o-to-kop-po-i]
有男子氣慨的
或男性化

おんな
女らしい
[on-na-ra-shī]
有女人味

おんな
女っぽい
[on-nap-po-i]
有女人味的或女性化

たんき
せっかち・短気
[sek-ka-chi] [tan-ki]
性急

> どっちにしようかな…
> 該選哪個好呢…

はや
> もう、早くしろよ！
> 真是的，快一點啦。

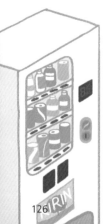

かな
悲しい
[ka-na-shī]
難過

けさ
今朝うちのワンちゃんが
てんごく い
天国に行っちゃった。
我家的狗狗今天早上過世了。

たの
楽しい
[ta-no-shī]
歡樂

くる
苦しい
[ku-ru-shī]
辛酸

じょうきげん
上機嫌
[jō-ki-gen]
好心情

はら た
腹が立つ・むかつく
[ha-ra-ga-ta-tsu][mu-ka-tsu-ku]
火大

まか
任せてよ！
交給我吧！

へいき
平気
[hei-ki]
不在意

さびしい
[sa-bi-shī]
寂寞

まんぞく
満足
[man-zo-ku]
滿足

くや
悔しい
[ku-ya-shī]
懊悔

つらい
[tsu-ra-i]
痛苦

らく
楽
[ra-ku]
輕鬆

お つ
落ち着く
[o-chi-tsu-ku]
平靜

びっくり
[bik-ku-ri]
嚇一跳

わら
笑う
[wa-ra-u]
笑

おこ
怒る
[o-ko-ru]
生氣

な
泣く
[na-ku]
哭

おどろ
驚く
[o-do-ro-ku]
驚訝

て
照れる
[te-re-ru]
害羞

むひょうじょう
無表情
[mu-hyō-jō]
無表情

うれ
嬉しい
[u-re-shī]
高興

生活日本

からだ
体
[ka-ra-da]
身體

じょうはんしん
上半身
[jō-han-shin]

あたま
頭
[a-ta-ma]
頭部

かお
顔
[ka-o]
臉部

くび
首
[ku-bi]
頸部

のど
喉
[no-do]
喉嚨

かた
肩
[ka-ta]
肩膀

ひたい
おでこ・額
[o-de-ko] [hi-tai]
額頭

かみ け
髪の毛
[ka-mi-no-ke]
頭髮

むね
胸
[mu-ne]
胸部

うで
腕
[u-de]
手腕

まゆげ
眉毛
[ma-yu-ge]
眉毛

なか はら
お腹・腹
[o-na-ka] [ha-ra]
腹部

て
手
[te]

め
目
[me]
眼睛

こし
腰
[ko-shi]
腰部

まつげ
[ma-tsu-ge]
睫毛

かはんしん
下半身
[ka-han-shin]

ひざ
膝
[hi-za]
膝蓋

はな
鼻
[ha-na]
鼻子

こつばん
骨盤
[ko-tsu-ban]
骨盆

すね
脛
[su-ne]
小腿

くち
口
[ku-chi]
嘴巴

は
歯
[ha]
牙齒

ほお・ほほ
頬
[ho-o] [ho-ho]
臉頰

しり
お尻
[o-shi-ri]
臀部

あし
足
[a-shi]
腳

くちびる
唇
[ku-chi-bi-ru]
嘴唇

みみ
耳
[mi-mi]
耳朵

あご
[a-go]
下巴

ふと
太もも
[fu-to-mo-mo]
大腿

たいじゅう
体重
[tai-jū]
體重

しんちょう
身長
[shin-chō]
身高

そんなわけないでしょ！
才沒這回事！

ママはいつも兄<ruby>兄<rt>にい</rt></ruby>ちゃんの肩<ruby>肩<rt>かた</rt></ruby>を持<ruby>持<rt>も</rt></ruby>ってる！
媽媽每次都對哥哥偏心啦！

<ruby>内臓<rt>ないぞう</rt></ruby>
内臓
[nai-zō]

<ruby>脾臓<rt>ひぞう</rt></ruby>
脾臓
[hi-zō]

<ruby>食道<rt>しょくどう</rt></ruby>
食道
[sho-ku-dō]

<ruby>腎臓<rt>じんぞう</rt></ruby>
腎臓
[jin-zō]

ことわざ
[ko-to-wa-za]
俗語

<ruby>目<rt>め</rt></ruby>を<ruby>引<rt>ひ</rt></ruby>く
目を引く
[me-wo-hi-ku]
注意

<ruby>肺<rt>はい</rt></ruby>
肺
[hai]

<ruby>胃<rt>い</rt></ruby>
胃
[i]

<ruby>鼻<rt>はな</rt></ruby>が<ruby>高<rt>たか</rt></ruby>い
鼻が高い
[ha-na-ga-ta-ka-i]
得意洋洋

<ruby>肩<rt>かた</rt></ruby>を<ruby>持<rt>も</rt></ruby>つ
肩を持つ
[ka-ta-wo-mo-tsu]
偏坦

<ruby>心臓<rt>しんぞう</rt></ruby>
心臓
[shin-zō]

<ruby>腸<rt>ちょう</rt></ruby>
腸
[chō]

<ruby>肝臓<rt>かんぞう</rt></ruby>
肝臓
[kan-zō]

<ruby>自腹<rt>じばら</rt></ruby>を<ruby>切<rt>き</rt></ruby>る
自腹を切る
[ji-ba-ra-wo-ki-ru]
自掏腰包

<ruby>首<rt>くび</rt></ruby>になる
首になる
[ku-bi-ni-na-ru]
被裁員、失業

<ruby>腕<rt>うで</rt></ruby>を<ruby>磨<rt>みが</rt></ruby>く
腕を磨く
[u-de-wo-mi-ga-ku]
磨練手藝

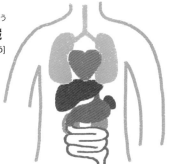

<ruby>足<rt>あし</rt></ruby>を<ruby>洗<rt>あら</rt></ruby>う
足を洗う
[a-shi-wo-a-ra-u]
金盆洗手、改邪歸正

中文是洗手，但日文的慣用語可是洗腳呢！

<ruby>腹<rt>はら</rt></ruby>が<ruby>太<rt>ふと</rt></ruby>い
腹が太い
[ha-ra-ga-fu-to-i]
肚量大

<ruby>足<rt>あし</rt></ruby>を<ruby>延<rt>の</rt></ruby>ばす
足を延ばす
[a-shi-wo-no-ba-su]
順道前往

<ruby>尻<rt>しり</rt></ruby>が<ruby>軽<rt>かる</rt></ruby>い
尻が軽い
[shi-ri-ga-ka-ru-i]
輕浮、輕率

129

生活日本

びょういん　い
病院に行く
[byō-in-ni-i-ku]

看醫生

きゅうきゅうしゃ
救急車
[kyū-kyū-sha]

救護車

きゅうきゅうじゅしん
救急受診
[kyū-kyū-ju-shin]

急診

びょうじょう
病状
[byō-jō]

症狀

だぼく
打撲
[da-bo-ku]

撞傷

は
腫れ
[ha-re]

腫脹

かゆ
痒い
[ka-yu-i]

癢

け　が
怪我
[ke-ga]

受傷

か　ぜ
風邪
[ka-ze]

感冒

くしゃみ
[ku-sha-mi]

打噴嚏

むねや
胸焼け
[mu-ne-ya-ke]

胃食道逆流

しょうかふりょう
消化不良
[shō-ka-fu-ryō]

消化不良

いた
痛い
[i-ta-i]

痛

ねんざ
捻挫
[nen-za]

挫傷、扭到

はな
鼻づまり
[ha-na-zu-ma-ri]

鼻塞

たん
[tan]

痰

い
胃もたれ
[i-mo-ta-re]

胃下垂

げ　り
下痢
[ge-ri]

拉肚子

アレルギー
[a-re-ru-gī]

過敏

きんにくつう
筋肉痛
[kin-ni-ku-tsū]

筋肉痠痛

はなみず
鼻水
[ha-na-mi-zu]

流鼻水

はつねつ
発熱
[ha-tsu-ne-tsu]

發燒

くる
苦しい
[ku-ru-shī]

難過

めまい
眩暈
[me-ma-i]

頭暈

せき
[se-ki]

咳嗽

だるい
[da-ru-i]

疲倦

もう3日以上、下痢が止まらなくて…
みっかいじょう げり と
我已經連續三天都在拉肚子了…

いしゃ
医者
[i-sha]
醫生

「医者」或「お医者さん」通常用來表述職業時使用。直接稱呼醫生時多用「先生」（せんせい）。

かんごし
看護師
[kan-go-shi]
護士

どうなさいましたか。
怎麼了呢？

びょういん
病院・クリニック
[byō-in] [ku-ri-nik-ku]
醫院、診所

もんしん
問診
[mon-shin]

しんさつ けんさ
診察・検査
[shin-sa-tsu] [ken-sa]
檢查

しゅじゅつ
手術
[shu-ju-tsu]

しんりょうか
診療科
[shin-ryō-ka]
專科門診

しか
歯科
[shi-ka]
牙醫

ひふか
皮膚科
[hi-fu-ka]

延伸單字
しっしん
湿疹[shis-shin]：濕疹
みずむし
水虫[mi-zu-mu-shi]：足癬

しんだん・ちりょう
診断・治療
[shin-dan] [chi-ryō]
診斷

にゅういん
入院
[nyū-in]
住院

カルテ
[ka-ru-te]
病歷

くすり
薬
[ku-su-ri]
藥

ちゅうしゃ
注射
[chū-sha]
打針

延伸單字
しょくぜん
食前[sho-ku-zen]：
飯前
しょっかん
食間[shok-kan]：
用餐中
しょくご
食後[sho-ku-go]：
飯後
しょくちょくご
食直後[sho-ku-cho-ku-go]：
飯後立即
ね まえ
寝る前[ne-ru-ma-e]：
睡前

ゆけつ
輸血
[yu-ke-tsu]

けつえきがた
血液型
[ke-tsu-e-ki-ga-ta]
血型

ないか
内科
[nai-ka]

じ びいんこうか
耳鼻咽喉科
[ji-bi-in-kō-ka]
耳鼻喉科

いちょうか
胃腸科
[i-chō-ka]
腸胃科

しょうにか
小児科
[shō-ni-ka]
小兒科

にんげん
人間ドック
[nin-gen-dok-ku]
健康檢查

びようげか
美容外科
[bi-yō-ge-ka]
醫美

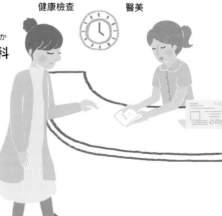

神様は乗り越えられる
試練しか与えない。

神明只會給予能夠克服的試練。

——南方仁／日劇《仁醫》
（大澤隆夫 飾／原著：村上紀香）

Part 8

實用句型

にほんご しゃべ
日本語を喋る！

慣用句／名詞／形容詞／動詞／疑問詞

許多人學語言最大的障礙就是不敢開口說，先從打招呼
的慣用句開始，就會發現說日文一點也不難！接著進入
名詞、形容詞、動詞，用句型練文法，學習無負擔。

實用句型

慣用句

あい さつ
挨拶
[ai-sa-tsu]
打招呼

→ 以禮貌揚名國際的日本人，打招呼的方式也因應各種場合有所不同，到日本旅遊時，進到個人經營的小店或者餐廳、旅館時，不妨試著主動打聲招呼，融入當地守禮的作風吧！

*當同一句用語有多種說法時：由左到右＝口語／禮貌／最禮貌

はじめまして。
[ha-ji-me-ma-shi-te]
初次見面。

あ べ　　　　　あ べ　　　　　あ べ もう
阿部です。／阿部といいます。／阿部と申します。
[a-be-de-su] [a-be-to-ī-ma-su] [a-be-to-mō-shi-ma-su]
我叫阿部。

➡ 在正式場合向初次見面的人自我介紹時，通常會先說「はじめまして」，再告訴對方自己的姓氏或全名。

こんにちは。
[kon-ni-chi-wa]
你好（白天用）、早上好、日安。

こんばんは。
[kon-ban-wa]
你好（傍晚、晚上用）、晚上好。

➡ 適用於各種時機的招呼用語。不論是街坊鄰居或拜訪客戶都適用！

おはよう。／おはようございます。
[o-ha-yō] [o-ha-yō-go-za-i-ma-su]
早安。

やす　　　　　やす
お休み。／お休みなさい。
[o-ya-su-mi] [o-ya-su-mi-na-sai]
晚安。

いってらっしゃい。
[it-te-ras-shai]
慢走、出門小心。

い
行ってきます。
[it-te-ki-ma-su]
我出門了。

➡ 雖然在文法上屬於敬語，但因為已經成了慣用語了，所以即便是很親近的人之間也是一樣的用法。
如果是工作上要公出，則會以「行（い）って参（まい）ります。」（商務用語）知會同事。

お帰り。／お帰りなさい。
[o-ka-e-ri] [o-ka-e-ri-na-sai]
你回來啦、歡迎回家。

ただいま。
[ta-da-i-ma]
我回來了。

➡ 如果是外出跑業務後回到辦公室，則會說「ただいま戻（もど）りました。」（商務用語）

つか　　　つか　さま　　つか　さま
お疲れ。／お疲れ様。／お疲れ様でした。
[o-tsu-ka-re] [o-tsu-ka-re-sa-ma] [o-tsu-ka-re-sa-ma-de-shi-ta]
辛苦了。

➡ 除了同中文一樣的情境下使用，日本人在下班時或是下課時，也習慣用這個說法道再見。下班時也可以用「お先（さき）に失礼（しつれい）します。」意思是「我先下班（離開）了。」

どうも。／ありがとう。／ありがとうございます。／どうもありがとうございます。
[dō-mo] [a-ri-ga-tō] [a-ri-ga-tō-go-za-i-ma-su] [dō-mo-a-ri-ga-tō-go-za-i-ma-su]
謝謝。

➡ 不確定該如何拿捏禮貌程度時，「ありがとうございます。」是最萬無一失（不顯失禮也不嫌多禮）的說法。

どういたしまして。／とんでもないです。
[dō-i-ta-shi-ma-shi-te] [ton-de-mo-nai-de-su]
不客氣／別這樣說、不敢當。

➡ 或是更口語一點，直接以「いいえ」（不會）回應即可。

すみません。／ごめんなさい。／申し訳ございません。
もう わけ
[su-mi-ma-sen] [go-men-na-sai] [mō-shi-wa-ke-go-za-i-ma-sen]
不好意思／對不起／非常抱歉。

大丈夫です。／気にしないでください。／お気になさらず。
だいじょうぶ　　　き　　　　　　　　　　　　　　　　　き
[dai-jō-bu-de-su] [ki-ni-shi-nai-de-ku-da-sai] [o-ki-ni-na-sa-ra-zu]
沒關係、別介意。

いただきます。
[i-ta-da-ki-ma-su]
我開動了。

ご馳走様でした。
ちそうさま
[go-chi-sō-sa-ma-de-shi-ta]
我吃飽了、謝謝招待。

接受他人招待時，飯前飯後千萬別省了這兩句話，否則會讓人覺得有些失禮。
此外，許多日本人在餐廳結帳時也習慣向店家說「ご馳走様でした」，表達對美味食物的感謝之意。

失礼します。／失礼いたします。
しつれい　　　　　　　　しつれい
[shi-tsu-rei-shi-ma-su] [shi-tsu-rei-i-ta-shi-ma-su]
打擾了（進入他人的空間領域時）、再見（掛電話時）。

お邪魔します。
じゃま
[o-ja-ma-shi-ma-su]
打擾了。

如要表達字面上「失禮了、失敬了」的意思，通常會使用過去式（畢竟是已經做了失禮的事），如在人前打噴嚏時便可說「失礼しました／失礼いたしました」。

不論用「失礼します」也好、「お邪魔します」也好，到別人家作客時，進玄關時別忘了打聲招呼才不顯失禮。

さようなら。／また（明日、来週……）
あした　らいしゅう
[sa-yō-na-ra] [ma-ta]
再見／再見、（明天、下周……）見。

雖然大多數人對「Sayonara」耳熟能詳，但實際上較少聽到日本人這麼說，朋友之間多半用「またね」「じゃあね」「バイバイ」。

お久しぶり。／お久しぶりです。／ご無沙汰しております。

ひさ　　　　　　　　　　　　ひさ　　　　　　　　　　　　ぶ さ た

[o-hi-sa-shi-bu-ri] [o-hi-sa-shi-bu-ri-de-su] [go-bu-sa-ta-shi-te-o-ri-ma-su]

好久不見／久疏問候。

元気？／お元気ですか。

げんき　　　　　　げんき

[gen-ki] [o-gen-ki-de-su-ka]

最近好嗎？

呼びかけ

よ

[yo-bi-ka-ke]

呼喚

日文中有許多發語詞，除了下方介紹的引起他人注意或冒昧詢問時的用語之外，還有如「えーと、…」表正在思考該如何解釋或描述、「まぁ、…」表示安慰或遺憾之情等等，平時多聽多學，說起日語更自然！

ねぇ、…

[nē]

喂......／我說……

あの～、／ちょっとすみません、

[a-nō] [chot-to-su-mi-ma-sen]

那個……／不好意思打擾一下……

何？／どうした？

なに

[na-ni] [dō-shi-ta]

幹嘛？／怎麼了？

はい、何ですか。／どうかしましたか。

なん

[hai,nan-de-su-ka] [dō-ka-shi-ma-shi-ta-ka]

是的，有什麼事？／怎麼了嗎？

通常只用於家人、朋友之間。

也可減短以「はい」回應。

～様	～さん	～先輩	～君	～ちゃん
さま		せんぱい	くん	
[sa-ma]	[san]	[sen-pai]	[kun]	[chan]

日本人很習慣在名字後加上敬稱或暱稱，最常聽到的「さん」可以指先生或小姐，跟尚不熟識的人交往時，絕不能忘記加上這個敬稱。「先輩」即稱呼學長姐或職場前輩。「君」常用於同學間、對小男生的稱呼，或者上司對下屬的情形。「ちゃん」則用於同學、朋友間的暱稱，或者對小女生的稱呼。至於「樣」則比「さん」更尊敬，較常用於書面上。

實用句型

名詞句

日文的句型中分為普通體（普通語）與敬體（敬語），一般除了家人、朋友之間，或者在上位者對下屬講話時，會使用普通體，其他時候以敬體與人溝通較不容易發生失禮的窘境。而敬體又分為了丁寧（禮貌用法）、尊敬（形容他人

[肯定敘述句]

主詞後接助詞「は」與「が」的用法常令初學者一頭霧水，比較容易的記法是當重點在後面敘述的內容時使用「は」，而若要強調前面的主詞時則用「が」。

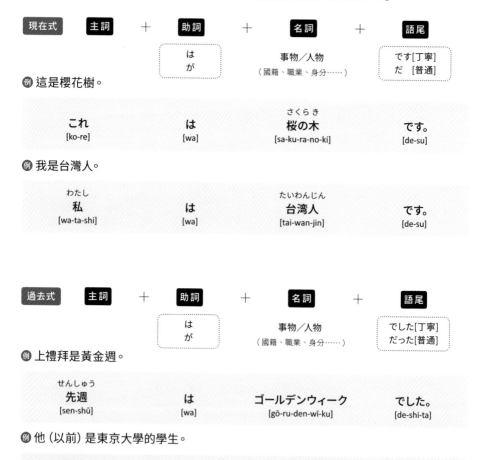

現在式　**主詞**　＋　**助詞**　＋　**名詞**　＋　**語尾**

助詞：は／が

名詞：事物／人物（國籍、職業、身分……）

語尾：です[丁寧]／だ[普通]

例 這是櫻花樹。

| これ | は | さくらき 桜の木 | です。 |
| [ko-re] | [wa] | [sa-ku-ra-no-ki] | [de-su] |

例 我是台灣人。

| わたし 私 | は | たいわんじん 台湾人 | です。 |
| [wa-ta-shi] | [wa] | [tai-wan-jin] | [de-su] |

過去式　**主詞**　＋　**助詞**　＋　**名詞**　＋　**語尾**

助詞：は／が

名詞：事物／人物（國籍、職業、身分……）

語尾：でした[丁寧]／だった[普通]

例 上禮拜是黃金週。

| せんしゅう 先週 | は | ゴールデンウィーク | でした。 |
| [sen-shū] | [wa] | [gō-ru-den-wī-ku] | [de-shi-ta] |

例 他（以前）是東京大學的學生。

| かれ 彼 | は | とうきょうだいがく がくせい 東京大学の学生 | でした。 |
| [ka-re] | [wa] | [tō-kyō-dai-ga-ku-no-ga-ku-sei] | [de-shi-ta] |

動作時變化的用語，表尊敬）與謙讓（形容自身動作時變化的用語，表謙虛），如果不是如商務等正式的場合，先學會基本的禮貌用法就足以應對日常生活的會話了。

[否定敘述句]

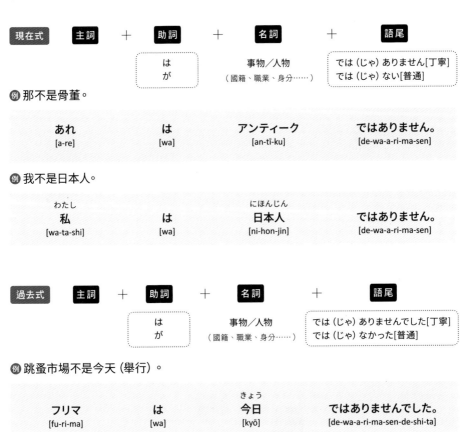

現在式　**主詞**　+　**助詞**　+　**名詞**　+　**語尾**

助詞：
は
が

名詞：事物／人物
（國籍、職業、身分……）

語尾：
では (じゃ) ありません[丁寧]
では (じゃ) ない[普通]

例 那不是骨董。

あれ	は	アンティーク	ではありません。
[a-re]	[wa]	[an-tī-ku]	[de-wa-a-ri-ma-sen]

例 我不是日本人。

わたし 私	は	にほんじん 日本人	ではありません。
[wa-ta-shi]	[wa]	[ni-hon-jin]	[de-wa-a-ri-ma-sen]

過去式　**主詞**　+　**助詞**　+　**名詞**　+　**語尾**

助詞：
は
が

名詞：事物／人物
（國籍、職業、身分……）

語尾：
では (じゃ) ありませんでした[丁寧]
では (じゃ) なかった[普通]

例 跳蚤市場不是今天 (舉行)。

フリマ	は	きょう 今日	ではありませんでした。
[fu-ri-ma]	[wa]	[kyō]	[de-wa-a-ri-ma-sen-de-shi-ta]

例 前男友不是 (我的) 真命天子。

もと かれ 元彼	は	うんめい ひと 運命の人	ではありませんでした。
[mo-to-ka-re]	[wa]	[un-mei-no-hi-to]	[de-wa-a-ri-ma-sen-de-shi-ta]

［疑問句］

現在式	主詞	＋	助詞	＋	名詞	＋	語尾（音調上揚）
			は が		事物／人物 （國籍、職業、身分……）		ですか[丁寧] ×／なの[普通]

◎×→不加任何語尾詞。

•肯定的回覆	•否定的回覆	•不確定、不知道的回覆
はい／そうです [丁寧]	いいえ／違います [丁寧]	すみません、わかりません。[丁寧]
ええ／うん／そうだ [普通]	いや／ううん／違う [普通]	うーん、どうかな…。／わからない。[普通]

例 那個建築物是寺廟嗎？

あの建物	は	お寺	ですか。
[a-no-ta-te-mo-no]	[wa]	[o-te-ra]	[de-su-ka]

――不是，那是熊本城。

いいえ、あれは熊本城です。

例 社長是那個人嗎？

あの人	が	社長	ですか。
[a-no-hi-to]	[ga]	[sha-chō]	[de-su-ka]

――是的，沒錯。

はい、そうです。

過去式	主詞	+	助詞	+	名詞	+	語尾 （音調上揚）
			は が		事物／人物 （國籍、職業、身分……）		でしたか[丁寧] だった／だったの[普通]

⊕ 這間飯店以前是銀行嗎？

| むかし
昔、このホテル
[mu-ka-shi][ko-no-ho-te-ru] | **は**
[wa] | ぎんこう
銀行
[gin-kō] | **でしたか。**
[de-shi-ta-ka] |

——是的，沒錯。以前是銀行。

むかし　ぎんこう
はい、そうです。昔は銀行でした。

⊕ 店長以前是上班族嗎？

| てんちょう
店長
[ten-chō] | **は**
[wa] | **サラリーマン**
[sa-ra-rī-man] | **でしたか。**
[de-shi-ta-ka] |

——是阿，不過是很久以前的事了。

むかし
そうですよ。ずいぶん昔のことだけど。

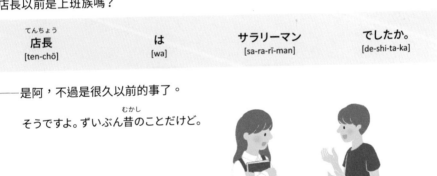

形容詞句

日文的形容詞分為「イ形容詞」與「ナ形容詞」，指的是修飾名詞時，分別以「い」或「な」接續的形容詞。這個單元分別針對兩類形容詞修飾名詞時的用法，以及兩類形容詞的句型變化進行說明。

[修飾名詞]

イ形容詞 ＋ **名詞**

例 年輕人

わか **若い** [wa-ka-i]	ひと **人** [hi-to]

例 美麗的畫

うつく **美しい** [u-tsu-ku-shī]	え **絵** [e]

例 美味的蛋糕

お い **美味しい** [o-i-shī]	**ケーキ** [kē-ki]

例 老店

ふる **古い** [fu-ru-i]	みせ **お店** [o-mi-se]

例 無聊的節目

つまらない [tsu-ma-ra-nai]	ばんぐみ **番組** [ban-gu-mi]

例 好玩的派對

たの **楽しい** [ta-no-shī]	**パーティー** [pā-tī]

ナ形容詞 ＋ **名詞**

例 豪華的房子

りっぱ **立派な** [rip-pa-na]	いえ **家** [i-e]

例 熱鬧的街道

にぎ **賑やかな** [ni-gi-ya-ka-na]	まち **街** [ma-chi]

例 漂亮的風景

きれい **綺麗な** [ki-rei-na]	けしき **景色** [ke-shi-ki]

例 安靜的夜晚

しず **静かな** [shi-zu-ka-na]	よる **夜** [yo-ru]

例 好用的APP

べんり **便利な** [ben-ri-na]	**アプリ** [a-pu-ri]

例 很棒的歌曲

すてき **素敵な** [su-te-ki-na]	きょく **曲** [kyo-ku]

［肯定敘述句］

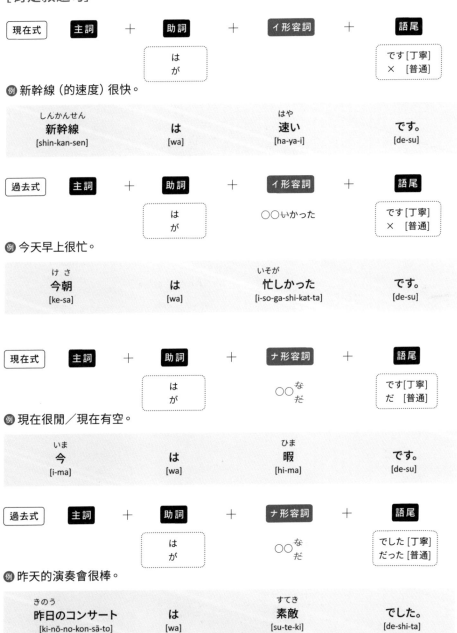

現在式 ┃ 主詞 ┃ ＋ ┃ 助詞 ┃ ＋ ┃ イ形容詞 ┃ ＋ ┃ 語尾 ┃

は
が

です［丁寧］
× ［普通］

例 新幹線（的速度）很快。

| しんかんせん
新幹線
[shin-kan-sen] | **は**
[wa] | はや
速い
[ha-ya-i] | **です。**
[de-su] |

過去式 ┃ 主詞 ┃ ＋ ┃ 助詞 ┃ ＋ ┃ イ形容詞 ┃ ＋ ┃ 語尾 ┃

は
が

○○いかった

です［丁寧］
× ［普通］

例 今天早上很忙。

| け さ
今朝
[ke-sa] | **は**
[wa] | いそが
忙しかった
[i-so-ga-shi-kat-ta] | **です。**
[de-su] |

現在式 ┃ 主詞 ┃ ＋ ┃ 助詞 ┃ ＋ ┃ ナ形容詞 ┃ ＋ ┃ 語尾 ┃

は
が

○○な
だ

です［丁寧］
だ ［普通］

例 現在很閒／現在有空。

| いま
今
[i-ma] | **は**
[wa] | ひま
暇
[hi-ma] | **です。**
[de-su] |

過去式 ┃ 主詞 ┃ ＋ ┃ 助詞 ┃ ＋ ┃ ナ形容詞 ┃ ＋ ┃ 語尾 ┃

は
が

○○な
だ

でした［丁寧］
だった［普通］

例 昨天的演奏會很棒。

| きのう
昨日のコンサート
[ki-nō-no-kon-sā-to] | **は**
[wa] | すてき
素敵
[su-te-ki] | **でした。**
[de-shi-ta] |

［否定敘述句］

現在式	**主詞**	＋	**助詞**	＋	**イ形容詞**	＋	**語尾**
			は が		○○い＋くない		です [丁寧] × 　［普通］

例 今年冬天不冷。

ことし ふゆ **今年の冬** [ko-to-shi-no-fu-yu]	**は** [wa]	さむ **寒くない** [sa-mu-ku-na-i]	**です。** [de-su]

過去式	**主詞**	＋	**助詞**	＋	**イ形容詞**	＋	**語尾**
			は が		○○い＋くなかった		です [丁寧] × 　［普通］

例 這次的考試不難。

こんかい しけん **今回の試験** [kon-kai-no-shi-ken]	**は** [wa]	むずか **難しくなかった** [mu-zu-ka-shi-ku-na-kat-ta]	**です。** [de-su]

現在式	**主詞**	＋	**助詞**	＋	**ナ形容詞**	＋	**語尾**
			は が		○○な だ		では（じゃ）ありません [丁寧] では（じゃ）ない [普通]

例 這生魚片不新鮮。

さしみ **この刺身** [ko-no-sa-shi-mi]	**は** [wa]	しんせん **新鮮** [shin-sen]	**ではありません。** [de-wa-a-ri-ma-sen]

過去式	**主詞**	＋	**助詞**	＋	**ナ形容詞**	＋	**語尾**
			は が		○○な だ		では（じゃ）ありませんでした [丁寧] では（じゃ）なかった [普通]

例 一開始沒有名氣。

はじ **初め** [ha-ji-me]	**は** [wa]	ゆうめい **有名** [yū-mei]	**ではありませんでした。** [de-wa-a-ri-ma-sen-de-shi-ta]

[疑問句]

現在式	**主詞**	＋	**助詞**	＋	**イ形容詞**	＋	**語尾**（音調上揚）
			は が				ですか　[丁寧] ×／なの [普通]

例 橘子酸嗎？

みかん [mi-kan]	は [wa]	<ruby>酸<rt>す</rt></ruby>っぱい [sup-pai]	ですか。 [de-su-ka]

過去式	**主詞**	＋	**助詞**	＋	**イ形容詞**	＋	**語尾**（音調上揚）
			は が		○○いかった		ですか [丁寧] ×／の [普通]

例 那部電影有趣嗎？

<ruby>あの映画<rt>えいが</rt></ruby> [a-no-ei-ga]	は [wa]	<ruby>面白<rt>おもしろ</rt></ruby>かった [o-mo-shi-ro-kat-ta]	ですか。 [de-su-ka]

現在式	**主詞**	＋	**助詞**	＋	**ナ形容詞**	＋	**語尾**（音調上揚）
			は が		○○な だ		ですか　[丁寧] ×／なの [普通]

例 這樣說很怪嗎？

この<ruby>言<rt>い</rt></ruby>い<ruby>方<rt>かた</rt></ruby> [ko-no-ī-ka-ta]	は [wa]	<ruby>変<rt>へん</rt></ruby> [hen]	ですか。 [de-su-ka]

過去式	**主詞**	＋	**助詞**	＋	**ナ形容詞**	＋	**語尾**（音調上揚）
			は が		○○な だ		でしたか [丁寧] だった／だったの [普通]

例 颱風（災情）不要緊吧？

<ruby>台風<rt>たいふう</rt></ruby> [tai-fū]	は [wa]	<ruby>大丈夫<rt>だいじょうぶ</rt></ruby> [dai-jō-bu]	でしたか。 [de-shi-ta-ka]

［イ形容詞常用單字表］

よ **良い・いい** [yo-i][i] 好	わる **悪い** [wa-ru-i] 壞	おお **大きい** [ō-kī] 大	ちい **小さい** [chī-sa-i] 小	おお **多い** [ō-i] 多
すく **少ない** [su-ku-na-i] 少	ひろ **広い** [hi-ro-i] 寬	せま **狭い** [se-ma-i] 窄	おも **重い** [o-mo-i] 重	かる **軽い** [ka-ru-i] 輕
かた **硬い** [ka-ta-i] 硬	やわ **柔らかい** [ya-wa-ra-ka-i] 軟	あつ **厚い** [a-tsu-i] 厚	うす **薄い** [u-su-i] 薄	たか **高い** [ta-ka-i] 高、貴
やす **安い** [ya-su-i] 便宜	ひく **低い** [hi-ku-i] 矮	あつ **暑い** [a-tsu-i] 熱	さむ **寒い** [sa-mu-i] 冷	あたた **暖かい** [a-ta-ta-ka-i] 溫暖
すず **涼しい** [su-zu-shī] 涼快	ふか **深い** [fu-ka-i] 深	あさ **浅い** [a-sa-i] 淺	あか **明るい** [a-ka-ru-i] 明亮、開朗	くら **暗い** [ku-ra-i] 昏暗、陰沉
はや **速い** [ha-ya-i] 快、早	おそ **遅い** [o-so-i] 慢、遲	**うまい** [u-ma-i] 好吃	**まずい** [ma-zu-i] 難吃	にが **苦い** [ni-ga-i] 苦
あま **甘い** [a-ma-i] 甜	から **辛い** [ka-ra-i] 辣	す **酸っぱい** [sup-pa-i] 酸	つよ **強い** [tsu-yo-i] 強	すご **凄い** [su-go-i] 厲害
よわ **弱い** [yo-wa-i] 弱	むずか **難しい** [mu-zu-ka-shī] 難	やさ **易しい** [ya-sa-shī] 簡單	きび **厳しい** [ki-bi-shī] 嚴格	やさ **優しい** [ya-sa-shī] 溫柔、善良
いそが **忙しい** [i-so-ga-shī] 忙碌	なつ **懐かしい** [na-tsu-ka-shī] 懷念	は **恥ずかしい** [ha-zu-ka-shī] 尷尬、害羞	かわい **可愛い** [ka-wa-ī] 可愛	おもしろ **面白い** [o-mo-shi-ro-i] 有趣
うれ **嬉しい** [u-re-shī] 高興、開心	さび **寂しい** [sa-bi-shī] 寂寞	あたら **新しい** [a-ta-ra-shī] 新	めずら **珍しい** [me-zu-ra-shī] 珍貴、難得	すば **素晴らしい** [su-ba-ra-shī] 完美

［ナ形容詞常用單字表］

す **好き** [su-ki] 喜歡	きら **嫌い** [ki-ra-i] 討厭	じょうず **上手** [jō-zu] 擅長 ※¹	とくい **得意** [to-ku-i] 擅長 ※²	へた **下手** [he-ta] 不擅長
にがて **苦手** [ni-ga-te] 不擅長、不喜歡	らく **楽** [ra-ku] 輕鬆	きらく **気楽** [ki-ra-ku] 輕鬆、自在	ひま **暇** [hi-ma] 清閒	しあわ **幸せ** [shi-a-wa-se] 幸福
ふこう **不幸** [fu-kō] 不幸	かわいそう **可哀想** [ka-wa-i-sō] 可憐	すてき **素敵** [su-te-ki] 好、棒	ふつう **普通** [fu-tsū] 普通、一般	へん **変** [hen] 奇怪
かんたん **簡単** [kan-tan] 簡單	たんじゅん **単純** [tan-jun] 單純	ふくざつ **複雑** [fu-ku-za-tsu] 複雜	はで **派手** [ha-de] 花俏、華麗	じみ **地味** [ji-mi] 樸素
てきとう **適当** [te-ki-tō] 隨便	まじめ **真面目** [ma-ji-me] 認真	いっしょうけんめい **一生懸命** [is-shō-ken-mei] 拼命	ひっし **必死** [his-shi] 拼命、竭力	しょうじき **正直** [shō-ji-ki] 誠實
ていねい **丁寧** [tei-nei] 禮貌	すなお **素直** [su-na-o] 率直	きよう **器用** [ki-yō] 聰明、手巧	ゆうしゅう **優秀** [yū-shū] 優秀	ゆうめい **有名** [yū-mei] 有名
けんこう **健康** [ken-kō] 健康	げんき **元気** [gen-ki] 有精神	しんせつ **親切** [shin-se-tsu] 親切	おお **大らか** [ō-ra-ka] 不拘小節	さわ **爽やか** [sa-wa-ya-ka] 清爽、豪爽
ねっしん **熱心** [nes-shin] 熱心	おだ **穏やか** [o-da-ya-ka] 穩重、沉穩	しゃれ **お洒落** [o-sha-re] 時髦	ゆた **豊か** [yu-ta-ka] 豐饒	とくべつ **特別** [to-ku-be-tsu] 特別
しんせん **新鮮** [shin-sen] 新鮮	こうきゅう **高級** [kō-kyū] 高級	ぜいたく **贅沢** [zei-ta-ku] 奢侈	てがる **手軽** [te-ga-ru] 輕易、不感負擔	とく **得** [to-ku] 划算
むだ **無駄** [mu-da] 浪費	だいじょうぶ **大丈夫** [dai-jō-bu] 沒問題、不要緊	ざんねん **残念** [zan-nen] 可惜、扼腕	たいへん **大変** [tai-hen] 辛苦、不容易	たいせつ だいじ **大切・大事** [tai-se-tsu] [dai-ji] 重要

＊¹：只用於形容他人。
＊²：可形容自己或他人。

日文的動詞分為三大類，第 I 類動詞又稱為「五段活用動詞」，字根會隨著「否定（ない）、禮貌（ます）、原形（る）、命令（ろ）、意向（よう）」變化成五段（即五十音中「あ段 い段 う段 え段 お段」）。第 II 類動詞分為「上一段活用動詞」與「下一段活用動詞」，上一段指的是字根為「い段」的

[第 I 類動詞的變化規則]

否定（未然形）	禮貌（連用形）	原形（終止形）、修飾名詞（連體形）	命令（命令形）	意向（未然形）
字根變化為あ段	字根變化為い段	字根變化為う段	字根變化為え段	字根變化為お段

例
不工作	工作	工作	工作（命令語氣）	工作吧
（か行） はたら **働かない** [ha-ta-ra-ka-nai]	はたら **働きます** [ha-ta-ra-ki-ma-su]	はたら **働く** [ha-ta-ra-ku]	はたら **働け** [ha-ta-ra-ke]	はたら **働こう** [ha-ta-ra-kō]

例
不買	買	買	買（命令語氣）	買吧
（わ行） か **買わない** [ka-wa-nai]	か **買います** [ka-i-ma-su]	か **買う** [ka-u]	か **買え** [ka-e]	か **買おう** [ka-ō]

[第 II 類動詞的變化規則]

否定（未然形）	禮貌（連用形）	原形（終止形）、修飾名詞（連體形）	命令（命令形）	意向（未然形）

例
不穿	穿	穿	穿（命令語氣）	穿吧
（上一段） き **着ない** [ki-nai]	き **着ます** [ki-ma-su]	き **着る** [ki-ru]	き **着ろ** [ki-ro]	き **着よう** [ki-yō]

例
不教	教	教	教（命令語氣）	教吧
（下一段） おし **教えない** [o-shi-e-nai]	おし **教えます** [o-shi-e-ma-su]	おし **教える** [o-shi-e-ru]	おし **教えろ** [o-shi-e-ro]	おし **教えよう** [o-shi-e-yō]

動詞；下一段指的是字根為「え段」的動詞。上一段和下一段動詞字根則是不會隨句子型態變化的。第 III 類動詞為不規則動詞，變化的規則需要特別用背的，不過只有「做」（包括所有動詞化名詞，詳見 P.161 動詞常用單字表的第 III 類動詞）和「來」兩字屬於這一類動詞，因此不需要太擔心！

[第 III 類動詞的變化規則]

	否定（未然形）	禮貌（連用形）	原形（終止形）、修飾名詞（連體形）	命令（命令形）	意向（未然形）
例	不做	做	做	做（命令語氣）	做吧
	しない [shi-nai]	します [shi-ma-su]	する [su-ru]	しろ／せよ [shi-ro][se-yo]	しよう [shi-yō]
例	不來	來	來	來（命令語氣）	來吧
	こ 来ない [ko-nai]	き 来ます [ki-ma-su]	く 来る [ku-ru]	こ 来い [ko-i]	こ 来よう [ko-yō]

[肯定句、否定句、疑問句]

當動詞搭配受詞時，使用助詞「を」相連是最基本的動詞句型。接下來將以動詞與受詞的句型，解說三種類型的動詞之於現在式與過去式的情況下，肯定、否定、疑問的用法，以及禮貌（丁寧）與普通說法的變化。

現在式　受詞　＋　助詞　＋　動詞

例 喝水。／不喝水。／要喝水嗎？　を　I 類動詞　[丁寧]／[普通]

みず お水 [o-mi-zu]	を [wo]	肯 の の 飲みます。／飲む。 [no-mi-ma-su] [no-mu]
		否 の の 飲みません。／飲まない。 [no-mi-ma-sen] [no-ma-nai]
		疑 の の 飲みますか。／飲む？（音調上揚） [no-mi-ma-su-ka] [no-mu]

なに た
何を食べよう
かな。
吃什麼好呢。

しおあじ
よし、塩味にしよう！
決定了，吃鹽味的吧！

現在式	受詞	＋	助詞	＋	動詞

| | | | を | | [丁寧]／[普通] |

例 吃拉麵。／不吃拉麵。／要吃拉麵嗎？　II類動詞

ラーメン [rā-men]	を [wo]	肯 　た 　　　　た 食べます。／食べる。 [ta-be-ma-su] [ta-be-ru] 否 　た 　　　　た 食べません。／食べない。 [ta-be-ma-sen] [ta-be-nai] 疑 　た 　　　　た 食べますか。／食べる？ (音調上揚) [ta-be-ma-su-ka] [ta-be-ru]

例 開車。／不開車。／要開車嗎？　　III類動詞

くるま 車 [ku-ru-ma]	を [wo]	肯 　うんてん 　　　　うんてん 運転します。／運転する。 [un-ten-shi-ma-su] [un-ten-su-ru] 否 　うんてん 　　　　うんてん 運転しません。／運転しない。 [un-ten-shi-ma-sen] [un-ten-shi-nai] 疑 　うんてん 　　　　うんてん 運転しますか。／運転する？ (音調上揚) [un-ten-shi-ma-su-ka] [un-ten-su-ru]

| 過去式 | 受詞 | ＋ | 助詞 | ＋ | 動詞 |

| | | を | | | [丁寧]／[普通] |

◎過去式普通形的動詞變化又稱作「た形」變化，變化的規則與「て形」完全一樣，可參照「動詞②」中的「て形」（P.154）解說。

例 拍照片了。／沒拍照片。／有拍照片嗎？　　I 類動詞

しゃしん **写真** [sha-shin]	**を** [wo]	肯 と **撮りました。**／と**撮った。** [to-ri-ma-shi-ta] [tot-ta]
		否 と **撮りませんでした。**／と**撮らなかった。** [to-ri-ma-sen-de-shi-ta] [to-ra-na-kat-ta]
		疑 と **撮りましたか。**／と**撮った？**（音調上揚） [to-ri-ma-shi-ta-ka] [tot-ta]

例 下電車了。／沒下電車。／下車了嗎？　　II 類動詞

でんしゃ **電車** [den-sha]	**を** [wo]	肯 お **降りました。**／お**降りた。** [o-ri-ma-shi-ta] [o-ri-ta]
		否 お **降りませんでした。**／お**降りなかった。** [o-ri-ma-sen-de-shi-ta] [o-ri-na-kat-ta]
		疑 お **降りましたか。**／お**降りた？**（音調上揚） [o-ri-ma-shi-ta-ka] [o-ri-ta]

例 練鋼琴了。／沒練鋼琴。／練鋼琴了嗎？　　III 類動詞

ピアノ [pi-a-no]	**を** [wo]	肯 れんしゅう れんしゅう **練習しました**／**練習した。** [ren-shū-shi-ma-shi-ta] [ren-shū-shi-ta]
		否 れんしゅう **練習しませんでした**／ れんしゅう **練習しなかった。** [ren-shū-shi-ma-sen-de-shi-ta] [ren-shū-shi-na-kat-ta]
		疑 れんしゅう れんしゅう **練習しましたか。**／**練習した？**（音調上揚） [ren-shū-shi-ma-shi-ta-ka] [ren-shū-shi-ta]

◎當有主詞時，同前面介紹過的名詞句型一樣，只需在句子前加上主詞與助詞即可，如「娘はピアノを練習しません。」（女兒不練鋼琴。）

動詞②

連接動詞與受詞的助詞，除了「動詞①」介紹過的「を」，尚有如「へ、で、に、が」等助詞，先認識每個助詞各自的功能，再試著與動詞一起背下來，實際應用時想必就能自然脫口而出了！至於肯定與否定、現在式與過去式、丁寧（禮貌）與普通用法等可參考前篇，此篇就不再贅述了。

[移動動詞與動詞助詞]

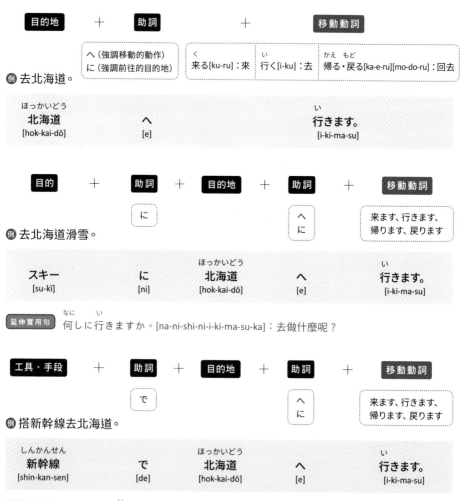

目的地	＋	助詞	＋		移動動詞	
		へ（強調移動的動作） に（強調前往的目的地）		く 来る[ku-ru]：來	い 行く[i-ku]：去	かえ もど 帰る・戻る[ka-e-ru][mo-do-ru]：回去

例 去北海道。

ほっかいどう 北海道 [hok-kai-dō]	へ [e]	い 行きます。 [i-ki-ma-su]

目的	＋	助詞	＋	目的地	＋	助詞	＋	移動動詞
		に				へ に		来ます、行きます、 帰ります、戻ります

例 去北海道滑雪。

スキー [su-kī]	に [ni]	ほっかいどう 北海道 [hok-kai-dō]	へ [e]	い 行きます。 [i-ki-ma-su]

延伸實用句 なに い
何しに行きますか。[na-ni-shi-ni-i-ki-ma-su-ka]：去做什麼呢？

工具、手段	＋	助詞	＋	目的地	＋	助詞	＋	移動動詞
		で				へ に		来ます、行きます、 帰ります、戻ります

例 搭新幹線去北海道。

しんかんせん 新幹線 [shin-kan-sen]	で [de]	ほっかいどう 北海道 [hok-kai-dō]	へ [e]	い 行きます。 [i-ki-ma-su]

延伸實用句 い
どうやって行きますか。[dō-yat-te-i-ki-ma-su-ka]：怎麼去呢？

同伴 ＋ **助詞** ＋ **目的地** ＋ **助詞** ＋ **移動動詞**

と　　　　　　　　　　　　　　　　　へ　　　　　来ます、行きます、
　　　　　　　　　　　　　　　　　　に　　　　　帰ります、戻ります……

例 和太太去北海道。

つま		ほっかいどう		い
妻	**と**	**北海道**	**へ**	**行きます。**
[tsu-ma]	[to]	[hok-kai-dō]	[e]	[i-ki-ma-su]

延伸實用句

> AとB／～と：A和B／和～

つま　いっしょ　ほっかいどう
妻と一緒に北海道へ行きます。
和太太一起去北海道。

ひとり　　ほっかいどう　い
一人で北海道へ行きます。
自己一個人去北海道。

つま　ふたり　いっしょ　しんかんせん　すき　ほっかいどう　い
妻と二人で一緒に新幹線でスキーに北海道へ行きます。
　①　　　　　　②　　　　　③　　　　④
和太太兩個人一起搭新幹線去北海道滑雪。
◎①②③④位置可互換。

> ～から～まで：從～到～，表示時間或空間的開始與結束。

とうきょう　ほっかいどう　　しんかんせん　じかん
東京から北海道まで、新幹線で4時間くらいかかります。
從東京到北海道搭新幹線大約花費4小時。

大致了解助詞的用法之後，接著來看看除了基本的肯定、否定、疑問、現在、過去……，動詞的
語尾該如何做更進階的變化，以表達出不同語意吧！

邀約、推測、表意志的禮貌用法

～ましょう

「ましょう」常用於邀約他人一起去做某件事時，因此常與「一緒に」併用。同時也可作為提醒或意志形
（よう）的禮貌用法。動詞變化同禮貌形。

邀約	提醒	意志
例 那麼，開動吧！	例 要好好地和老師問好。	例 我來做吧！
さあ、いただきましょう。	せんせい　あいさつ ちゃんと先生に挨拶しましょう。	わたし 私がやりしょう。
[sā, i-ta-da-ki-ma-shō]	[chan-to-sen-sei-ni-ai-sa-tsu-shi-ma-shō]	[wa-ta-shi-ga-ya-ri-ma-shō]
	◎ちゃんと：妥當地、好好地	◎やる（１）：做

提議、邀約　～ましょうか

「ましょうか」一樣有邀約的意思（更為委婉），同時也有在做某件事之前徵得對方同意的提議語氣。動詞變化同禮貌形。

提議	邀約
例 需不需要幫忙？ てつだ 手伝いましょうか。 [te-tsu-da-i-ma-shō-ka]　◎手伝う（Ⅰ）：幫忙	例 差不多準備回去吧！ かえ そろそろ帰りましょうか。 [so-ro-so-ro-ka-e-ri-ma-shō-ka]　◎そろそろ： （時間上）快要、差不多

詢問、邀約　～ませんか／～ない？(音調上揚)

「ませんか」一樣有邀約的意思，但語感會比肯定的詢問聽起來更積極一些。

詢問	邀約
例 要不要一起去看電影呢？ いっしょ えいが み い 一緒に映画を見に行きませんか。 [is-sho-ni-ei-ga-wo-mi-ni-i-ki-ma-sen-ka]	例 不嫌棄的話要不要吃這個？ た よかったらこれを食べませんか。 [yo-kat-ta-ra-ko-re-wo-ta-be-ma-sen-ka]　◎よかったら： 不介意的話、不嫌棄的話

て形

現在式（當下的動作／狀態、動作／狀態的延續）

～ています

使用「～ています」句型前（普通形說法為～ている），要先學會動詞的「て形變化」，簡單來說與禮貌形（ます）一樣以「い段」為變化基準，Ⅱ類動詞及Ⅲ類直接將「ます」換成「て」即可，不過Ⅰ類動詞則依字根會有不同的變化，即所謂動詞的五段變化，在背單字時順便練習如何變化成「て形」，相信很快就能熟練！

促音變化	い變化	ん變化
當Ⅰ類動詞的い段字根為「い、ち、り」時，變化成「促音＋て」。	當Ⅰ類動詞的い段字根為「き、ぎ」時，分別變化成「い＋て」、「い＋で」。	當Ⅰ類動詞的い段字根為「に、び、み」時，變化成「ん＋で」。

當下的動作	延續的狀態
例 她正在說話。 かのじょ しゃべ 彼女は喋っています。　◎喋る（Ⅰ）：說話 [ka-no-jo-wa-sha-bet-te-i-ma-su]　→喋ります→喋って	例 我知道。 し 知っています。　◎知る（Ⅰ）：知道、認識 [shi-te-i-ma-su]　→知ります→知って

◎特殊例外：行く→行きます→行って。雖然「行く」的い段變化為「行き」，但是以促音變化而非依照規則的い變化。

請求、要求（請……／請不要……）

～てください ／ ～ないでください

「～ないでください」動詞只要變化成否定的未然形即可。

I類動詞	II類動詞	III類動詞
例 請等一下。 ちょっと待ってください。 [chot-to-mat-te-ku-da-sai] ◎ちょっと：稍微、一點點、一下子 ◎待つ（I）：等待→待ちます→待って	例 請不要睡在這裡。 ここで寝ないでください。 [ko-ko-de-ne-nai-de-ku-da-sai] ◎寝る（II）：睡覺→寝ないで	例 請確認。 確認してください。 [ka-ku-nin-shi-te-ku-da-sai] ◎確認する（III）：確認 →確認します→確認して

取得許可（～可以嗎？）

～てもいいですか（音調上揚）

「いいですか」為形容詞問句「可以嗎」「這樣好嗎」的意思，而當要取得做某個動作、行為的許可時，前面以「ても／でも」連接動詞。變化方法即為て形的規則。普通形說法為～てもいい？

> 例 可以吸菸嗎？／介意我吸菸嗎？
>
> タバコを吸ってもいいですか。
> [ta-ba-ko-wo-sut-te-mo-ī-de-su-ka]　　　◎吸う（I）：吸→吸います→吸って

嘗試

～てみます

「みます」從「見ます」（看）而來，作為補助動詞的角色（作為補助動詞時須以平假名書寫），跟中文的用法雷同，都是「嘗試看看～」的意思。

> 例 要不要看看這個APP？非常方便喔！
>
> このアプリを使ってみませんか。とても便利ですよ。
> [ko-no-a-pu-ri-wo-tsu-kat-te-mi-ma-sen-ka] [to-te-mo-ben-ri-de-su-yo]
>
> ◎使う（I）：使用→使います→使って

た形

表示經驗

～たことがあります／～たことがないです

在「動詞①」中已簡單提過「た形」的過去式普通形，然而た形（變化規則同て形）還有好幾種常用句型，表示經驗的「有過～」「沒有過～」就是其中一種。普通形說法則為～たことがある／～たことがない。

～があります／～がないです前也可以接名詞，表示有～／沒有～。

> 例 你搭過夜行巴士嗎？
>
> やこう　　　　　　の
> 夜行バスに乗ったことがありますか。
> [ya-kō-ba-su-ni-not-ta-ko-to-ga-a-ri-ma-su-ka]　　　　◎乗る（I）：搭乘→乗ります→乗って

表示在同一時空下進行的數個動作

～たり～たりします

舉例在同一時空下進行的數個動作（無先後順序之分），或者省略只以「一個動作＋たり（だり）」，暗示還做了其他事

> 例 星期天我總是在家一會兒打掃、一會兒看書、一會兒練瑜珈等等。
>
> にちようび　　　　いえ　そうじ　　　　ほん　よ　　　　　　　　れんしゅう
> 日曜日はいつも家で掃除したり、本を読んだり、ヨガを練習したりしています。
> [ni-chi-yō-bi-wa-i-tsu-mo-i-e-de-sō-ji-shi-ta-ri, hon-wo-yon-da-ri, yo-ga-wo-ren-shū-shi-ta-ri-shi-te-i-ma-su]
> ◎掃除する（III）：打掃→掃除します→掃除した／読む（I）：閱讀→読みます→読んだ／練習する（III）：練習→練習します→練習した

假設語氣

～たら

表示當尚未發生的動作發生後的假設句型。名詞與形容詞也可以使用此句型，用法同過去式的普通肯定句型（P.138、143），如名詞變化：「このネタは、台湾人だったらわかる。」（如果是台湾人的話就會懂這個笑點。）／イ形容詞變化：「忙しかったら、無理しないでください。」（如果很忙的話就不要勉強。）／ナ形容詞變化：「苦手だったら、食べなくてもいいですよ。」（不喜歡的話，不要吃也沒關係喔！）

> 例 到家以後發個訊息給我喔。
>
> いえ　つ　　　　　　　　　おく
> 家に着いたら、メッセージを送ってくださいね。
> [i-e-ni-tsu-i-ta-ra, mes-sē-ji-wo-o-kut-te-ku-da-sai-ne]
> ◎着く（I）：抵達→着きます→着いた／送る（I）：寄送、贈送、接送→送ります→送って

[自動詞與他動詞]

日文的動詞又分為「自動詞」與「他動詞」，自動詞表示自然而然、不施外力所發生的動作（如：感冒好了＝風邪［かぜ］が治［なお］った。→動詞的過去式可參考P.151），或者描述某狀態時（如：窗戶開著＝窓［まど］が開［あ］いている。→動詞的現在式可參考P.154）。他動詞則與之相反，強調因外力而產生的動作，因此動詞前須以受詞輔助說明並加上助詞「を」才足以形成一句完整的句子（如：請開窗戶＝窓［まど］を開［あ］けてください。→請求、要求句型可參考P.155）

自動詞	他動詞	自動詞	他動詞
あ **開く** [a-ku]：開	あ **開ける** [a-ke-ru]：打開	き **決まる** [ki-ma-ru]：確定、決定	き **決める** [ki-me-ru]：做決定
し **閉まる** [shi-ma-ru]：關	し **閉める** [shi-me-ru]：關上	あつ **集まる** [a-tsu-ma-ru]：聚集	あつ **集める** [a-tsu-me-ru]：召集
き **消える** [ki-e-ru]：消失	け **消す** [ke-su]：除去	こわ **壊れる** [ko-wa-re-ru]：損壞	こわ **壊す** [ko-wa-su]：弄壞
で **出る** [de-ru]：出去	だ **出す** [da-su]：拿出、提交	よご **汚れる** [yo-go-re-ru]：髒、亂	よご **汚す** [yo-go-su]：弄髒
はい **入る** [ha-i-ru]：進入、含有	い **入れる** [i-re-ru]：放入	やぶ **破れる** [ya-bu-re-ru]：破損	やぶ **破る** [ya-bu-ru]：弄破
かえ **返る** [ka-e-ru]：回歸	かえ **返す** [ka-e-su]：歸還	お **折れる** [o-re-ru]：斷掉	お **折る** [o-ru]：弄斷
み **見つかる** [mi-tsu-ka-ru]：發現、找到	み **見つける** [mi-tsu-ke-ru]：尋找	なお なお **直る／治る** [na-o-ru]：復原、轉好	なお なお **直す／治す** [na-o-su]：修好、治好
はじ **始まる** [ha-ji-ma-ru]：開始	はじ **始める** [ha-ji-me-ru]：展開	お **起きる** [o-ki-ru]：起來、醒來	お **起こす** [o-ko-su]：叫醒、喚起
か **変わる** [ka-wa-ru]：改變	か **変える** [ka-e-ru]：做改變	ひ **冷える** [hi-e-ru]：變冷	ひ **冷やす** [hi-ya-su]：冷卻
ふ **増える** [fu-e-ru]：增加	ふ **増やす** [fu-ya-su]：增添、加上	あたた **温まる** [a-ta-ta-ma-ru]：變熱	あたた **温める** [a-ta-ta-me-ru]：加熱

動詞③

回到動詞①（P.148）提過的三大類動詞，除了否定形、禮貌形、原形・連體形、命令形、意向形以外，其實還有幾種變化，包括表示能力、許可的「可能形」，以及受人指示的「被動形」、指示他人的「使役形」與帶有被強迫意味的「使役被動形」。此外也介紹用以表達個人心意的兩種動詞期望句型。

[第 I 類動詞的變化規則]

聽 （聞く）	**可能形** 字根變化為え段 可以聽到	**被動形** 字根變化為あ段 被他人詢問	**使役形** 字根變化為あ段 給別人聽	**使役被動形** 字根變化為あ段 非出於意願而聽到
（か行）	き 聞ける [ki-ke-ru]	き 聞かれる [ki-ka-re-tu]	き 聞かせる [ki-ka-se-ru]	き 聞かされる [ki-ka-sa-re-ru]

字根さ行的使役被動形為「〜させられる」，如「話す」（說）→「話させられる」（被指示說、被強迫發言）。

ここをまっすぐ行って、
みぎ ま
右に曲がったところです。

從這邊直走右轉就到了。

あの…すみません、
つうてんかく
通天閣はどこですか。

那個......不好意思，
請問通天閣在哪裡？

例 用這個APP可以聽到全球的廣播節目。

せかいじゅう　　　　ばんぐみ　き
このアプリで世界中のラジオ番組を聞けます。
[ko-no-a-pu-ri-de-se-kai-jū-no-ra-ji-o-ban-gu-mi-wo-ki-ke-ma-su]

例 我讓孩子聽英文歌。

こども　えいご　うた　き
子供に英語の歌を聞かせています。
[ko-do-mo-ni-ei-go-no-u-ta-wo-ki-ka-se-te-i-ma-su]

例 外國人向我問路。

がいこくじん　みち　き
外国人に道を聞かれました。
[gai-ko-ku-jin-ni-mi-chi-wo-ki-ka-re-ma-shi-ta]

例 哥哥對我說了鬼故事。

あに　こわ　はなし　き
兄に怖い話を聞かされました。
[a-ni-ni-ko-wa-i-ha-na-shi-wo-ki-ka-sa-re-ma-shi-ta]

[第II類動詞的變化規則]

吃 (食べる)	可能形 可以吃	被動形 被吃掉	使役形 讓他人吃	使役被動形 非出於意願而吃
(下一段)	た **食べられる** [ta-be-ra-re-ru]	た **食べられる** [ta-be-ra-re-ru]	た **食べさせる** [ta-be-sa-se-ru]	た **食べさせられる** [ta-be-sa-se-ra-re-ru]

おこ
怒られちゃった…。
被罵了……。

きみ　どうろ　あそ
君、道路で遊ばないでね。
小朋友，請不要在路上玩耍。

[第III類動詞的變化規則]

做 (する)	可能形 可以～	被動形 被～	使役形 使～	使役被動形 被指示～、被強迫～
	できる [de-ki-ru]	**される** [sa-re-ru]	**させる** [sa-se-ru]	**させられる** [sa-se-ra-re-ru]

做 (する)	可以來	◎	叫某人來	非出於意願而來
	こ **来られる** [ko-ra-re-ru]	こ **来られる** [ko-ra-re-ru]	こ **来させる** [ko-sa-se-ru]	こ **来させられる** [ko-sa-se-ra-re-ru]

◎被動形亦作為較禮貌形更尊敬的敬語用法，如「来られる」一般而言被動形的意思是說不通的，但卻常見用作敬語。如「お客さんが来られました。」（客人來了。）

[期望句]

受詞	＋	助詞	＋	動詞禮貌形＋たい／たくない
		を、に、と…		◎語尾變化同イ形容詞（參照P.143）

例 想聽音樂。

おんがく 音楽	を	き 聞きたいです。
[on-ga-ku]	[wo]	[ki-ki-tai-de-su]

例 不想吃炸物。

あ　もの 揚げ物	を	た 食べたくないです。
[a-ge-mo-no]	[wo]	[ta-be-ta-ku-nai-de-su]

受詞	＋	助詞	＋	動詞て形＋ほしい／ほしくない
		を、に、と…		◎語尾變化同イ形容詞（參照P.143）

例 我想讓你知道我的心情。

わたし き も 私の気持ち	を	き 聞いてほしいです。
[wa-ta-shi-no-ki-mo-chi]	[wo]	[ki-i-te-ho-shī-de-su]

例 我不希望孩子吃速食。

こども 子供に	ファストフード	を	た 食べてほしくないです。
[ko-do-mo-ni]	[fa-su-to-fū-do]	[wo]	[ta-be-te-ho-shi-ku-nai-de-su]

例 我原本不想讓男友參加昨天的派對。

かれし 彼氏に	きのう 昨日のパーティー	に	さんか 参加してほしくなかったです。
[ka-re-shi-ni]	[ki-nō-no-pā-tī]	[ni]	[san-ka-shi-te-ho-shi-ku-na-kat-ta-de-su]

◎「たい」「ほしい」是表述個人的期望，因此主詞不論省略與否皆會是第一人稱。
◎當欲表達「想要某樣東西」時，可使用名詞的期望句：名詞＋ほしい／ほしくない。如「新（あたら）しい靴（くつ）がほしいです。」（想要新鞋子。）

［動詞常用單字表］

第I類動詞		第II類動詞		第III類動詞	
あ **会う** [a-u] 見面	わた **渡る** [wa-ta-ru] 橫越	み **見る** [mi-ru] 看、觀賞	た **足りる** [ta-ri-ru] 足夠	あんない **案内する** [an-nai-su-ru] 引導、指引	ちょきん **貯金する** [cho-kin-su-ru] 存錢
おく **送る** [o-ku-ru] 贈送、接送	つ **着く** [tsu-ku] 抵達	で **出かける** [de-ka-ke-ru] 出門	**まとめる** [ma-to-me-ru] 統整	しょうかい **紹介する** [shō-kai-su-ru] 介紹	しゅっぱつ **出発する** [shup-pa-tsu-su-ru] 出發
もら **貰う** [mo-ra-u] 接收	ま　あ **間に合う** [ma-ni-a-u] 趕上	おく **遅れる** [o-ku-re-ru] 誤點、延遲	かたづ **片付ける** [ka-ta-zu-ke-ru] 整理	せつめい **説明する** [se-tsu-mei-su-ru] 解說、說明	とうちゃく **到着する** [tō-cha-ku-su-ru] 抵達
か **書く** [ka-ku] 寫	あやま **謝る** [a-ya-ma-ru] 致歉	し **知らせる** [shi-ra-se-ru] 通知	つか **疲れる** [tsu-ka-re-ru] 疲累	でんわ **電話する** [den-wa-su-ru] 打電話	ちゅうい **注意する** [chū-i-su-ru] 注意、提醒
なら **習う** [na-ra-u] 學習	えら **選ぶ** [e-ra-bu] 挑選	つた **伝える** [tsu-ta-e-ru] 傳達	**やめる** [ya-me-ru] 作罷	よやく **予約する** [yo-ya-ku-su-ru] 預約	ちこく **遅刻する** [chi-ko-ku-su-ru] 遲到
おも **思う** [o-mo-u] 想、覺得	つく **作る** [tsu-ku-ru] 做	こた **答える** [ko-ta-e-ru] 回答	あきら **諦める** [a-ki-ra-me-ru] 放棄	さんか **参加する** [san-ka-su-ru] 參加	うんどう **運動する** [un-dō-su-ru] 運動
よ **呼ぶ** [yo-bu] 呼喚	お **置く** [o-ku] 擺、放置	おぼ **覚える** [o-bo-e-ru] 記得	ほ **褒める** [ho-me-ru] 讚美	そうだん **相談する** [sō-dan-su-ru] 商量、諮詢	さんぽ **散歩する** [san-po-su-ru] 散步
すわ **座る** [su-wa-ru] 坐	はら **払う** [ha-ra-u] 支付	わす **忘れる** [wa-su-re-ru] 忘記	な **慣れる** [na-re-ru] 習慣	そつぎょう **卒業する** [so-tsu-gyō-su-ru] 畢業	けんきゅう **研究する** [ken-kyū-su-ru] 研究
おど **踊る** [o-do-ru] 跳舞	**なくす** [na-ku-su] 弄不見	かんが **考える** [kan-ga-e-ru] 思考	しん **信じる** [shin-ji-ru] 相信	しゅっちょう **出張する** [shuc-chō-su-ru] 出差	けっこん **結婚する** [kek-kon-su-ru] 結婚
ある **歩く** [a-ru-ku] 走路	さが **探す** [sa-ga-su] 找尋	**あげる** [a-ge-ru] 給予	わか **別れる** [wa-ka-re-ru] 分離	ざんぎょう **残業する** [zan-gyō-su-ru] 加班	かんしゃ **感謝する** [kan-sha-su-ru] 感謝

疑問詞

學會「人、事、時、地、物」的疑問詞，許多情況甚至不用說出完整句子就能溝通，任何場合都能派上用場！

何 (なに・なん)：什麼？
[na-ni][nan]

只要在所有疑問詞後面加上「ですか」就是禮貌用法了。

> 例 週末要做什麼？
>
> しゅうまつ なに
> 週末は何をしますか。
> [shū-ma-tsu-wa-na-ni-wo-shi-ma-su-ka]

> 例 你做什麼工作呢？
>
> しごと なん
> お仕事は何ですか。
> [o-shi-go-to-wa-nan-de-su-ka]

いつ：什麼時候？
[i-tsu]

いつ後面不加助詞，可詢問年、月、日、時、分。回答時則不論年、月、日、時、分都須加上助詞「に」。

> 例 明天什麼時候見面呢？
>
> あした あ
> 明日いつ会いますか。
> [a-shi-ta-i-tsu-a-i-ma-su-ka]

> 例 什麼時候出發呢？
>
> しゅっぱつ
> いつ出発しますか。
> [i-tsu-shup-pa-tsu-shi-ma-su-ka]

[特定時間的疑問詞]

後接助詞「に」。

なんがつ 何月 [nan-ga-tsu]：幾月？	なんにち 何日 [nan-ni-chi]：幾號？	なんしゅう 何週 [nan-shū]：幾星期？
なんじ 何時[nan-ji]：幾點？	なんぷん 何分[nan-pun]：幾分？	なんようび 何曜日[nan-yō-bi]：星期幾？

どこ：哪裡？
[do-ko]

後接移動動詞時，助詞可用「へ」或「に」；用以詢問目的地或位置時則用「に」。

例 要去哪裡？

い
どこへ行きますか。
[do-ko-e-i-ki-ma-su-ka]

例 要寫在哪裡？

か
どこに書きますか。
[do-ko-ni-ka-ki-ma-su-ka]

〜にあります：
在〜（表示東西／事物的方向、位置時）
[ni-a-ri-ma-su]

這裡（指靠近自己的位置）	那裡（指靠近交談對象的位置）	那裡（指離自己與交談對象有段距離的位置）
ここ[ko-ko]、こちら[ko-chi-ra]	そこ[so-ko]、そちら[so-chi-ra]	あそこ[a-so-ko]
這一頭（指靠近自己的位置）	**那一頭**（指靠近交談對象的位置）	**另一頭**（指離自己與交談對象有段距離的位置）
こっち[koc-chi]	そっち[soc-chi]	あっち[ac-chi]

東	西	南	北
ひがし	にし	みなみ	きた
東	西	南	北
[hi-ga-shi]	[ni-shi]	[mi-na-mi]	[ki-ta]

前	後	上	下	左	左側	右	右側
まえ	うし	うえ	した	ひだり	ひだりがわ	みぎ	みぎがわ
前	後ろ	上	下	左	左側	右	右側
[ma-e]	[u-shi-ro]	[u-e]	[shi-ta]	[hi-da-ri]	[hi-da-ri-ga-wa]	[mi-gi]	[mi-gi-ga-wa]

裡面（中間）	裡面（底端、深處）	隔壁	旁邊	對面	對向	反向
なか	おく	となり	よこ	む	む　がわ	はんたいがわ
中	奥	隣	横	向かい	向こう側	反対側
[na-ka]	[o-ku]	[to-na-ri]	[yo-ko]	[mu-ka-i]	[mu-kō-ga-wa]	[han-tai-ga-wa]

例 我的老家在台南。

じっか　　たいなん
実家は台南にあります。
[jik-ka-wa-tai-nan-ni-a-ri-ma-su]

例 電影院在百貨公司裡面。

えいがかん　　　　なか
映画館はデパートの中にあります。
[ei-ga-kan-wa-de-pā-to-no-na-ka-ni-a-ri-ma-su]

〜にいます：
在〜（表示人所在方向、位置時）
[ni-i-ma-su]

例 丸山老師在哪呢？

まるやませんせい
丸山先生はどこにいますか。
[ma-ru-ya-ma-sen-sei-wa-do-ko-ni-i-ma-su-ka]

例 好像在3年5班的教室喔！

ねん くみ きょうしつ
3年5組の教室にいるらしいですよ。
[san-nen-go-ku-mi-no-kyō-shi-tsu-ni-i-ru-ra-shī-de-su-yo]

◎「らしい」前可以接原形動詞、名詞、イ形容詞、ナ形容詞（〜な），皆為「好像……」的意思。

だれ
誰：誰？
[da-re]

後接助詞「の」＝誰的〜、「と」＝和誰一起〜、「に／への」＝給誰〜、「でも」＝任誰〜／每個人〜。

例 這是誰的東西？

だれ
これは誰のものですか。
[ko-re-wa-da-re-no-mo-no-de-su-ka]

例 你在和誰說話？

だれ はな
誰と話していますか。
[da-re-to-ha-na-shi-te-i-ma-su-ka]

例 這件行李要寄給誰呢？

にもつ だれ おく
この荷物は誰に送ればいいですか。
[ko-no-ni-mo-tsu-wa-da-re-ni-o-ku-re-ba-ī-de-su-ka]

例 這是給誰的禮物呢？

だれ
これは誰へのプレゼントですか。
[ko-re-wa-da-re-e-no-pu-re-zen-to-de-su-ka]

いくら：多少錢？
[i-ku-ra]

例 請問這個別針多少錢？

このブローチは（お）いくらですか。
[ko-no-bu-rō-chi-wa-o-i-ku-ra-de-su-ka]

例 請問修這個行李箱要花多少錢？

しゅうり
このスーツケースの修理にいくらかかりますか。
[ko-no-sū-tsu-kē-su-no-shū-ri-ni-i-ku-ra-ka-ka-ri-ma-su-ka]

◎特定單字前加上「お」或「ご」，是較為禮貌的說法，不過因為是慣用，很難歸納出加或不加的規則，今後看日劇或聽日本人講話時，不妨多留意哪些字常上這種敬詞，慢慢培養出語感吧。

ごめん、隣のおばあちゃんと話
してたんだ。
對不起，因為我剛在跟隔壁的婆婆說話。

あ、来た来た！
來了！來了！

お姉ちゃん、遅いよ！
どこ行ってたの？
姐姐妳好慢！妳跑去哪了？

いくつ／何個：
多少／幾個？
[i-ku-tsu][nan-ko]

例 你吃了幾個飯糰？

おにぎりを何個食べましたか。
[o-ni-gi-ri-wo-nan-ko-ta-be-ma-shi-ta-ka]

例 你幾歲了？

おいくつですか。
[o-i-ku-tsu-de-su-ka] ◎此為詢問小朋友年紀時的慣用句。

例 你買了多少伴手禮？

お土産をいくつ買いましたか。
[o-mi-ya-ge-wo-i-ku-tsu-ka-i-ma-shi-ta-ka]

例 你有幾隻手錶？

腕時計はいくつ持っていますか。
[u-de-do-kei-wa-i-ku-tsu-mot-te-i-ma-su-ka]

なんで／どうして／なぜ：為什麼／為何？
[nan-de][dō-shi-te][na-ze]

三種說法由左至右為口語→正式，なんで常用於日常對話，なぜ則常見文章之中，どうして則介於兩者之間。

例 為什麼不一起來呢？

なんで一緒に来ないんですか？
[nan-de-is-sho-ni-ko-na-in-de-su-ka]

例 人為何生而於世？

人はなぜこの世に生まれてきたのか。
[hi-to-wa-na-ze-ko-no-yo-ni-u-ma-re-te-ki-ta-no-ka]

例 他為什麼心情不好？

彼はどうして機嫌が悪いんですか。
[ka-re-wa-dō-shi-te-ki-gen-ga-wa-ru-in-de-su-ka]

例 為何會這樣？（帶自問語氣）

なんでだろう？／どうしてだろう？／なぜだろう？
[nan-de-da-rō][dō-shi-te-da-rō][na-ze-da-rō]

◎「形容詞、動詞普通形＋のです／のだ」「名詞＋なのです／なのだ」為詢問或說明、解釋事情的理由或原因之用法，說的時候
為便於發音而變為「～んです／んだ」「～なんです／なんだ」，是為音便形的一種。

天気予報 ②
てんき　よ　ほう
[ten-ki-yo-hō]

氣象預報 ②

在氣象預報①中介紹了氣溫與時段的相關用語，接著再來認識一些陰雨晴天及季節轉換時的重點單字吧！

晴れの日
は　　　ひ
[ha-re-no-hi]
晴天

快晴
かいせい
[kai-sei]
指晴空萬里、幾乎沒有雲層的晴天

晴れ
は
[ha-re]
指帶雲層的晴天

爽やかな天気
さわ　　　　てんき
[sa-wa-ya-ka-na-ten-ki]
秋高氣爽的天氣

清々しい陽気
すがすが　　　ようき
[su-ga-su-ga-shī-yō-ki]
舒適的氣候

雨が降る
あめ　ふ
[a-me-ga-fu-ru]
下雨

降水確率
こうすいかくりつ
[kō-sui-ka-ku-ri-tsu]
降雨機率

雨域
ういき
[u-i-ki]
降雨地區

雨雲
あまぐも
[a-ma-gu-mo]
烏雲

本降り
ほんぶ
[hon-bu-ri]
雨勢大、持續性降雨

にわか雨
あめ
[ni-wa-ka-a-me]
驟雨

局地的
きょくちてき
[kyo-ku-chi-te-ki]
局部地區

視程
してい
[shi-tei]
能見度

雷・落雷
かみなり らくらい
[ka-mi-na-ri][ra-ku-rai]
雷、打雷

降雪
こうせつ
[kō-se-tsu]
下雪

雹
ひょう
[hyō]
冰雹

弱い
よわ
[yo-wa-i]

やや強い
つよ
[ya-ya-tsu-yo-i]

強い
つよ
[tsu-yo-i]

激しい
はげ
[ha-ge-shī]

猛烈
もうれつ
[mō-re-tsu]

小雨
こさめ・こあめ
[ko-sa-me] [ko-a-me]

大雨
おおあめ
[ō-a-me]

豪雨
ごうう
[gō-u]

曇りの日
くも　　　ひ
[ku-mo-ri-no-hi]
陰天

雲・雲量
くも　うんりょう
[ku-mo] [un-ryō]

曇りのち晴れ
くも　　　　は
[ku-mo-ri-no-chi-ha-re]
多雲到晴

天気が下り坂
てんき　くだ　ざか
[ten-ki-ga-ku-da-ri-za-ka]
由晴轉陰或由陰轉雨，指天氣會逐漸變差

季節の変わり目
きせつ　　か　　　め
[ki-se-tsu-no-ka-wa-ri-me]：換季

梅雨入り
つゆい
[tsu-yu-i-ri]：進入梅雨季

残暑
ざんしょ
[zan-sho]：秋老虎

小春日和
こはるびより
[ko-ha-ru-bi-yo-ri]：形容冬天的和煦陽光

猛暑
もうしょ
[mō-sho]

秋晴れ
あきば
[a-ki-ba-re]：形容秋天晴空萬里的藍天

初雪
はつゆき
[ha-tsu-yu-ki]

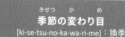

中日語發音MP3下載＆線上聽

音檔內容包含單字句型，
延伸單字與情境對白請參考音標或假名練習發音。

【音檔下載】建議給電腦使用者下載收藏
cubepress.com.tw/download-perm/japanese/vocal.zip

【線上聆聽】建議給手機使用者線上聆聽
cubepress.com.tw/download-perm/japanese-online

參考書目與網站

日文書籍

日本宗教民俗図典｜萩原秀三郎、須藤功｜9784831863003｜法蔵館
妖怪絵巻(別冊太陽―日本のこころ)｜小松和彦｜9784582921700｜平凡社
和菓子のこよみ12ヶ月｜平野恵理子｜9784757216105｜アスペクト
和菓子風土記(別冊太陽―日本のこころ)｜鈴木晋一｜9784582921359｜平凡社
骨董市へ行こう!―使える骨董のススメ｜9784473020833｜淡交社
築地魚河岸 寿司ダネ手帖｜9784418143092｜福地享子｜世界文化社

日文雜誌

CREA 2015年8月号 [すぐできる、夏休みっぽいこと]｜文藝春秋
和樂2016年12月号 [スゴいぞ！北斎]｜小学館
Casa BRUTUS 2017年8月号 [動物園と水族館]｜マガジンハウス
Discover Japan 2017年9月号 [職人という生き方]｜エイ出版社
ミセス 2017年10月号 [伝統と革新の街、銀座／フランスの美しい物]｜文化出版局

中文書籍

大家的日本語｜スリーエーネットワーク｜大新書局
日本色彩物語｜長澤陽子｜9789864083046｜麥浩斯
日本美術101鑑賞導覽手冊｜神林恆道、新關伸也｜9789862820247｜藝術家
圖解日本陶瓷器入門｜松井信義｜9789865865054｜積木文化

網站

コトバンク｜https://kotobank.jp/
ウィキペディア｜https://ja.wikipedia.org
ヤフー知恵袋｜https://chiebukuro.yahoo.co.jp/
気象庁／予報用語｜https://www.jma.go.jp/jma/kishou/know/yougo_hp/mokuji.html
独立行政法人造幣局｜https://www.mint.go.jp/kids/know/know_01
独立行政法人 国立印刷局｜https://www.npb.go.jp/ja/intro/kihon/index.html
国際日本文化研究センター／公開データベース｜http://www.nichibun.ac.jp/graphicversion/dbase/yokai-view.htm
東京外国語大学言語モジュール｜http://www.coelang.tufs.ac.jp/mt/ja/gmod/

17×23cm／128 Pages／全彩平裝
ISBN：9789864590070

東京START！手繪散步美術館：

跟著繪本走！藝術、咖啡、雜貨，18條收獲滿載的私藏日本散步祕境

杉浦爽 著

從東京出發！18條怦然心動的散步路線，鎌倉、輕井澤、鹿沼、犬山、姬路、福岡、長崎……超過130間美術館、博物館、咖啡館、雜貨舖、餐廳……跟著插畫家尋訪在地人也未必了解的東京及散步好去處！跟著杉浦爽可愛、細緻又寫實的插畫，發現建築之美、時髦穿搭、奇特雜貨、溫暖小食……帶著輕鬆的心情走一趟美術館，將會發現這種意想不到的驚喜！

我在吉卜力思考的事：

內容力，想像力、感受力、創造力，宮崎駿動畫打動人心的祕密！

川上量生 著
14.8×21 cm／204 Pages／單色平裝／ISBN：9789864591213

為何宮崎駿的作品會在全世界都受到喜愛？吉卜力動畫為什麼讓人百看不厭？暢銷作品是有創作公式的嗎？創作者都在做什麼？電影、動畫、音樂、小說、漫畫、遊戲等，各領域的內容之中，有默默無聞的，也有跨越時代成為經典的，這些作品之間的差異到底在哪裡？媒體界新生代創業家川上量生，為了找出答案而進入吉卜力擔任兩年無薪實習製作人。

17×23 cm／448 Pages／全彩平裝
ISBN：9789864591541／9789864591558

料理的創新與思維套書

〔蔬菜〕＋〔海鮮〕：

9位日本料亭掌門人談蔬菜與海鮮，燃燒料理魂的廚藝高峰會

柴田日本料理研鑽會，川崎寬也 著

百年料亭、星級大廚的世紀對談！前所未有的思辨論戰、博大精深的料理技藝、細膩精準的味覺感受，九位大廚齊聚一堂，將職人精神發揮到淋漓盡致，探索「料理創作」的哲學與「品味」的真意。除了遵循京料理傳統的嚴謹手法，更不斷思索日本料理的可能性與未來藍圖，最後毫不保留的公開創作料理時的思考迴路！

日本餐酒誌：
跟著SSI酒匠與日本料理專家尋訪地酒美食

渡邊人美、歐子豪　著
19×26cm／128 Pages／全彩平裝
ISBN：9789864590162

好山、好水、好酒、美食，一本在手，輕鬆進入日本飲食文化最道地、精華的迷人境界！這是一本好讀、好吃又有趣的日本酒餐搭書。內容跳脫一般品飲教科書的框架，帶領讀者認識全日本五大地方的特色景點，體會由當地風土孕育出的釀酒哲學與料理風格，邊喝邊學日本酒的關鍵知識，輕鬆掌握地酒配地食的專家門道。

日本酒圖鑑：
超過300間百年歷史酒藏，402支經典不墜酒款，
品飲日本酒必備知識與最新趨勢！

日本酒侍酒研究會、酒匠研究會聯合會　著
17×23cm／208 Pages／全彩平裝
ISBN：9789864590117

超過300間百年歷史酒藏，402支經典不墜酒款，品飲日本酒必備知識與最新趨勢！圖鑑搭配來自釀造者的專業建議，幫助讀者更深入了解原料、釀造工程、品飲方式、酒器選擇、料理搭配，以及日本酒藏絕不妥協的理念與深遠的歷史。出瓶前每一道繁複的工程，都是決定酒質的重大要素，也反映出各家追求心中目標香氣與味道的明確理念，與隨之誕生的魅力酒款。

燒酎圖鑑：
從經典款到個性派！收錄310支必喝燒酎與泡盛，
介紹品飲、餐搭、選購必備知識與最新潮流

日本酒侍酒研究會、酒匠研究會聯合會　著
17×23m／208 Pages／全彩平裝
ISBN：9789864590605

收錄市面最齊全310支本格燒酎、泡盛酒款，嚴選101間歷史悠久的酒造，以日本傳承五百年的烈酒工藝為基礎，開發出兼顧傳統與創新的製程技術，打造一支支全新口感與獨特香氣的酒款品牌，再次掀起燒酎熱潮！2000年至今，日本掀起了以本格燒酎為主角的第三波燒酎熱，口感高雅的酒款陸續問世，不僅便宜好喝，且喝法日新月異，仍不斷進化。

旅遊生活

養生

食譜

收藏

品酒

設計　語言學習

育兒

手工藝

靜態閱讀，互動app，一書多讀好有趣！

CUBE PRESS Online Catalogue
積木文化・書目網

cubepress.com.tw/books

 積木生活實驗室

VX0050

看繪本學日語

企劃編輯／積木文化編輯部
審　　訂／中村祥子
文　　字／張成慧、王淑儀
插　　畫／張倚禎
日語發音／中村祥子
中文發音／張成慧

出　　版／積木文化
總 編 輯／王秀婷
責任編輯／張成慧
版　　權／沈家心
行銷業務／陳紫晴、羅伃伶

發 行 人／何飛鵬
事業群總經理／謝至平
城邦文化出版事業股份有限公司
　　　　　台北市南港區昆陽街16號4樓
　　　　　電話：886-2-2500-0888　傳真：886-2-2500-1951
發　　　行／英屬蓋曼群島商家庭傳媒股份有限公司城邦分公司
　　　　　台北市南港區昆陽街16號8樓
　　　　　客服專線：02-25007718；02-25007719
　　　　　24小時傳真專線：02-25001990；02-25001991
　　　　　服務時間：週一至週五上午09:30-12:00；下午13:30-17:00
　　　　　劃撥帳號：19863813 戶名：書虫股份有限公司
　　　　　讀者服務信箱：service@readingclub.com.tw
　　　　　城邦網址：http://www.cite.com.tw
香港發行所／城邦（香港）出版集團有限公司
　　　　　香港九龍土瓜灣土瓜灣道86號順聯工業大廈6樓A室
　　　　　電話：+852-25086231｜傳真：+852-25789337
　　　　　電子信箱：hkcite@biznetvigator.com
馬新發行所／城邦（馬新）出版集團 Cite (M) Sdn Bhd
　　　　　41, Jalan Radin Anum, Bandar Baru Sri Petaling, 57000 Kuala Lumpur, Malaysia.
　　　　　Tel:(603)90563833 Fax:(603)90576622 Email:services@cite.my

美術設計／曲文瑩
音檔錄製／禮讀錄音有限公司
製版印刷／上晴彩色印刷製版有限公司

城邦讀書花園
www.cite.com.tw

2019年1月3日 初版一刷
2024年3月10日初版六刷
售價　350元
ISBN　9789864591619（紙本／電子版）
版權所有・翻印必究

Printed in Taiwan.

國家圖書館出版品預行編目（CIP）資料

看繪本學日語 / 積木文化編輯部企劃編輯；
張倚禎插畫. -- 初版. -- 臺北市：積木文化出
版：家庭傳媒城邦分公司發行, 2019.01
176面；14.8×19.5公分
ISBN 978-986-459-161-9(平裝)

1.日語 2.詞彙 3.語法

803.12　　　　　　　　　　107020570